La Chaux-de-Fonds

29.6.87

COLLECTION FOLIO

André Dhôtel

Les chemins du long voyage

Gallimard

Le héros des Chemins du long voyage *est Jean Colligant, un jeune ingénieur agronome. Il trouve une situation de régisseur chez le riche fermier bourguignon René Cervier. Dès les premiers jours, il est au courant du drame qui sépare et lie à la fois les membres de la famille Cervier ; le frère du fermier, Pierre, a disparu jadis, et l'on préfère ne pas parler de lui. Le fils de Pierre, Daniel, a été recueilli par René. C'est maintenant un jeune homme qui harcèle son oncle de questions sur son père et le poursuit d'une sorte de haine admirative. René, qui est encore célibataire, s'éprend en même temps que Colligant de la fille d'un voisin, Irène Morin, jeune fille à la conduite mystérieuse, — peut-être une tête d'oiseau, comme elle le dit elle-même, — et qui les repousse tous deux. La passion des deux hommes s'exaspère, puis, un jour, Irène disparaît. Jean Colligant quitte alors Cervier et va s'installer dans le Jura, où il retrouve Irène mariée avec un ouvrier. Il apprend alors par bribes le passé de la jeune femme, étroitement lié à celui de Pierre Cervier, de Daniel et d'autres personnages disparus. Brusquement, René Cervier survient à son tour et, au cours d'une bagarre sauvage, tue le mari d'Irène et meurt. Plus tard, ayant encore changé de pays, Jean Colligant retrouvera une fois de plus Irène, venue à lui cette fois, et l'épousera.*

Le roman d'André Dhôtel, parfumé des senteurs de la terre et de la forêt (la Bourgogne et le Jura), évoque un drame singulier, diffus, qui marque chaque personnage tout en laissant libres ses préoccupations. Le mystère qui enrobe ainsi chaque destinée est suggéré avec une grande justesse de ton, une psychologie très fine du caractère féminin, une poésie contenue et un sens aigu de la vie.

« André Dhôtel, créateur du plus étrange de nos univers romanesques », disait François Mauriac. Son œuvre comprend plus de cinquante volumes. Elle baigne tout entière dans ce climat de merveilleux que l'auteur doit peut-être au paysage des Ardennes, où il est né en 1900, à Attigny. André Dhôtel a été professeur, notamment à Athènes. Le prix Femina lui a été décerné en 1955 pour *Le pays où l'on n'arrive jamais,* et le prix national des Lettres en 1976.

I

Jean Colligant descendit du train à Pondeuvre et, comme il n'avait prévenu personne de l'heure exacte de son arrivée, il fit à pied les cinq ou six kilomètres qui séparent Pondeuvre de la ferme de Champlevant. La route traversait d'immenses champs de blé coupés de quelques maïs et de prairies. Par-dessus cet ensemble dansaient des essaims de papillons et des volées de corbeaux.

Lorsque Colligant passa sous le porche de la ferme, il entendit un saxo. La cour était entourée de quatre granges et de cinq écuries aux murs recouverts d'un blanc crépi. C'était vers la droite qu'on entendait le saxo, dans la maison d'habitation située en retrait. Derrière la maison, les jardins s'avançaient sous la colline, semée de maïs jusqu'au ciel.

— M. Cervier va rentrer vers six heures, dit la servante.

Jean Colligant fut introduit dans un salon pourvu d'un mobilier ancien et dont les panneaux étaient ornés de peintures. Dans les angles il y avait un piano et un clavecin. « Certains cultivateurs aiment la musique », songea Colligant. Cervier entra dix minutes plus tard.

— Je suis content de vous voir, monsieur l'ingénieur agronome, dit-il.

Le saxo, qui chantait sans doute au premier étage, se tut brusquement.

— Demain, je vous présenterai au personnel, poursuivit Cervier.

Il posa sa main sur l'épaule de Colligant :

— Pour l'instant venez avec moi sur la côte : d'en haut vous pourrez voir une grande partie du domaine.

Le saxo avait repris une mélopée discordante. Ils sortirent par le jardin et montèrent lentement le sentier au milieu des maïs.

— La famille de votre père, disait Cervier, était autrefois liée avec la mienne.

Le père de Colligant (un peu plus âgé que René Cervier qui avait une quarantaine d'années) s'était ruiné à la suite d'une faillite. Il était toujours demeuré dans un état de fortune médiocre.

— Le mois dernier, j'ai rencontré votre père à Mâcon, dit Cervier. Nous avons parlé, et j'ai pris sur vous des renseignements qui m'ont satisfait.

La colline dominait deux immenses dénivellations recouvertes de cultures avec de rares bosquets. Jusqu'à l'horizon se prolongeaient, à différents niveaux, des étendues toujours semblables. Sur la droite, on devinait les premières maisons de Pondeuvre. Cervier indiqua d'abord deux routes à Colligant :

— Du lieu où elles se croisent jusqu'à ce bois, situé à trois kilomètres derrière nous, tracez une première ligne, puis revenez vers le nord...

Les prairies formaient des bandes irrégulières au fond des vallonnements. Colligant écoutait les bruits qui montaient des bâtiments de la ferme. Trois voitures chargées de trèfle venaient de s'arrêter devant la grange principale.

On dîna de bonne heure. René Cervier présenta son nouveau chef de culture aux deux convives qui devaient partager leur repas : Mme Aline, sa mère, et Daniel Cervier, son neveu. Les domestiques mangeaient dans un autre bâtiment où une vaste cuisine leur était réservée.

Daniel Cervier devait avoir seize ou dix-sept ans. C'était un garçon solide, assez grand, dont les yeux avaient des reflets verts très aigus. Mme Aline se mit tout de suite à commenter les événements du jour, comme si Colligant avait été depuis longtemps son hôte. Il fut d'abord question d'un ouvrier qui devait quitter la ferme. Puis elle déclara soudain que, cet après-midi même, Daniel était allé avec Claude à Pondeuvre sur le camion de paille. Elle se demandait quel besoin il avait de se rendre à Pondeuvre. Cervier dit :

— Daniel a découvert sous la paille quelques kilos de sucre que j'envoyais à des amis.

— Deux cents kilos, précisa le jeune homme.

— Il a distribué ou vendu une partie du sucre

dans les faubourgs. Claude a voulu l'en empêcher, mais Daniel a menacé de jeter le sucre à poignées dans les rues.

Cervier se tourna vers Colligant :

— Claude est un mécanicien sérieux.

Colligant approuva d'un signe de tête.

— L'histoire du sucre, continua Cervier, c'est un de ces tours que Daniel me joue de temps à autre.

La bonne apportait le rôti. Cervier la pria d'aller chercher un registre.

— Vous trouverez sur ce registre l'état des emblavures, expliqua-t-il bientôt à Colligant. Comme nos blés seront mûrs dans quelques jours, vous organiserez la moisson.

Cervier se mit à esquisser un plan des cultures qui pouvait donner à Colligant une idée très générale de ses futures occupations. Soudain il se tut, et dame Aline laissa passer un long moment avant de rompre ce silence.

— Vos cahiers de musique, dit-elle à son fils, sont arrivés cet après-midi. Le facteur les a apportés en dehors de sa tournée, en venant chercher des œufs. C'est un assez gros paquet.

— Nous n'aurons guère le temps de nous occuper de cette musique avant l'hiver, répondit Cervier.

Colligant regardait par la fenêtre les longues allées du jardin. Elles étaient bordées de grandes roses trémières et de campanules. Il songeait au court voyage qu'il venait de faire pour se rendre chez les Cervier : un voyage agréable dans l'omnibus de Mâcon et il se réjouissait de l'aubaine qu'était pour lui un engagement dans une ferme splendide.

— Moi aussi je suis allé à Pondeuvre cet après-midi, reprit Cervier. J'ai vu les nouveaux chiens de Stanislas.

— Qu'avez-vous besoin de nouveaux chiens ? dit Mme Aline. N'y en a-t-il pas douze dans votre chenil ?

— Ceux-là sont beaux, dit Cervier.

— Vraiment, ils sont beaux ? dit Daniel.

Cervier décrivit minutieusement le pelage, le museau, et les pattes de ces chiens.

Le repas se termina brusquement. Cervier se leva aussitôt la dernière bouchée avalée, et les autres se levèrent presque en même temps que lui.

— Julienne (c'était la servante) vous montrera votre chambre, dit Cervier à Colligant. Vous êtes frais émoulu d'une école d'agriculture, monsieur Colligant, et vous songerez que l'essentiel de votre tâche ne sera pas d'expérimenter des engrais ou des plantations, mais surtout d'empêcher que les ouvriers perdent un instant et de les surprendre à toute heure du jour.

Cervier fit claquer ses doigts. Sans doute un tic.

— Je ne veux pas oublier non plus ce qui concerne Daniel, poursuivit-il. Vous devrez lui apprendre à mener une ferme, et lui imposer un plan de travail précis. Je veillerai à ce qu'il suive toutes vos instructions. Je vous souhaite une bonne nuit.

Cervier sortit avec sa mère.

— Est-ce vous qui jouez du saxo ? demanda Colligant à Daniel.

Celui-ci répondit qu'il jouait du saxo, et sortit à son tour.

Colligant resta seul avec la bonne. Il fut sur le point de l'interroger, mais elle dit qu'elle devait lui indiquer sa chambre. C'était une belle et vaste chambre. Colligant ne prit pas la peine de considérer les dispositions de son nouveau logis. Il alla tout de suite ouvrir la fenêtre. La nuit tombait sur le jardin et sur les vergers, mais au-delà on distinguait encore l'étendue des champs, une étendue profonde sans chemins visibles et sans clôtures. Il demeura jusqu'au moment où la lune inonda la campagne de sa lumière. C'était la saison de 1946. La guerre semblait finie depuis longtemps.

Le lendemain et les jours suivants, Colligant fut si occupé qu'il ne prit guère le temps de réfléchir sur les mœurs particulières de la famille Cervier. D'ailleurs, au cours des repas, il n'entendit que des paroles banales. Daniel Cervier s'était plié de bonne grâce à tous les ordres de Colligant. Il n'avait pas ménagé ses efforts au cours de ces journées où l'on dut rentrer en hâte les derniers trèfles dont les pluies avaient retardé la coupe et la mise en tas. Puis, un matin, la moisson commença dans un champ à deux kilomètres de la ferme.

Colligant eut bientôt l'occasion d'apprendre que René Cervier n'avait rien épargné pour donner une instruction excellente à son neveu, qu'il avait recueilli après la mort de ses parents. Cervier venait tout récemment de le rappeler à la ferme pour l'initier à la direction d'une culture. Comme il possédait en Bresse deux autres fermes, il avait le dessein de confier l'une d'elles à Daniel.

Quelques jours passèrent. A la fin de la deuxième semaine de moisson, le dimanche, en attendant le déjeuner, Colligant s'était assis sur le banc devant la maison. Mme Aline, qui revenait en grande pompe de la messe, descendait justement de l'auto conduite par Daniel Cervier. Elle se contenta de saluer Colligant, mais le jeune homme vint s'asseoir à côté de lui :

— Je vous informe, dit-il, que c'est aujourd'hui l'anniversaire de Mme Aline.

Colligant demanda l'âge de Mme Aline. Il supposait qu'elle avait soixante-dix ans. Daniel ne répondit pas et il alluma une cigarette.

— Votre grand-mère ainsi que votre oncle inspirent le plus grand respect, dit Colligant. Je serai heureux de partager ce repas d'anniversaire.

— Je veux bien que vous parliez de respect, dit soudain Daniel, mais savez-vous que, l'an dernier, mon oncle et moi nous avons failli nous tuer à la chasse ?

Colligant se tourna brusquement vers Daniel. Puis il songea que c'était une plaisanterie :

— A votre âge on n'a pas droit au port d'armes.

— Mon oncle ne se soucie pas toujours du droit strict, affirma Daniel. L'an dernier, nous chassions ensemble le sanglier et le chevreuil. Il m'avait fait donner un fusil. Je l'ai manqué de peu, et lui-même m'a tiré dans les jambes.

Colligant détourna les yeux vers l'étendue de la cour. Des pigeons descendirent sur leurs ailes illuminées et s'abattirent au milieu de la cour en se rengorgeant.

— J'ai bien remarqué, lorsque je suis arrivé ici, qu'il y avait de légers dissentiments entre vous et votre oncle, mais je suppose que cela n'a aucun rapport avec l'accident dont vous parlez.

— Tous les dissentiments sont légers, dit Daniel.

Colligant serrait les mains entre ses genoux. Il revoyait la table de famille au premier soir.

— Pourquoi me contez-vous cela ? demanda-t-il.

Malgré sa surprise il sentait une vague rêverie l'envahir. Du temps où sa mère vivait, ils allaient le long des bois, et la découverte des champignons les réjouissait toujours. Ils entendaient parfois les coups de fusil des chasseurs, mais cela semblait se passer hors de leur monde.

— Je continuerai à parler de respect sans aucun doute, dit Colligant. Je ne vois pas grand mal, après tout, à ce que l'un de vous soit tué par l'autre, s'il s'agit d'un accident.

— Bien sûr, c'était accidentel, dit Daniel, mais j'ai cru bon de vous mettre au courant de ces circonstances pour le cas où cela vous déplairait de vivre au milieu de gens un peu excentriques.

— Je ne vois pas, dit Colligant, quelles raisons vous auriez de donner la moindre importance à des coups de fusil maladroits.

Daniel expliqua que, pour sa part, il avait tiré comme un sot, mais que son oncle n'en était pas tellement sûr et qu'ils se soupçonnaient l'un l'autre. Une sacrée malchance.

— Quelles raisons... reprit Colligant.

— Vous aurez tout le temps de les connaître, dit Daniel.

Il alluma une nouvelle cigarette et il avoua qu'il avait souvent le tort de défier son oncle. C'était un fait incontestable.

— Que ne vous envoie-t-il à tous les diables ?

— Mon oncle craint toujours que je ne sois pas assez sérieux, il me surveille de près et nous avons forcément des disputes.

Colligant le regarda :

— Pourtant vous ne me paraissez nullement dénué de sang-froid, et j'ai l'impression que vous n'aimez pas les histoires.

Daniel regarda Colligant dans les yeux. Il lui tendit son paquet de cigarettes :

— Fumez une cigarette, monsieur Colligant. Je suis sûr que vous êtes aussi insouciant que moi.

— C'est de la blague ce que vous me racontez, dit Colligant en prenant la cigarette.

Daniel eut un rapide sourire. On entendit alors la cloche du déjeuner.

II

La table. Chaque fois que les convives s'y asseyaient il semblait qu'on dût assister à une scène décisive, mais rien n'arrivait jamais.

Chaque jour, Mme Cervier apportait de nouveaux détails propres à éclairer la situation familiale, comme s'ils devaient intéresser Colligant au premier chef.

Colligant apprit que Pierre Cervier (le premier fils de Mme Aline et le père de Daniel) avait laissé en mourant une situation de fortune déplorable, s'étant dérobé obstinément aux secours de son frère René. M. René Cervier recueillit néanmoins son neveu qui était alors âgé de quatre ans.

— Monsieur Colligant, disait Mme Aline, vous savez que mon mari, le brasseur, a été conseiller général de l'arrondissement de Chalon, et que mon fils René accédera bientôt, lui aussi, à cet honneur.

— Ma mère me parlait souvent de votre famille, disait Colligant, et je me souviens d'avoir vu

M. Cervier, le père, mais j'étais jeune alors et beaucoup de détails m'échappaient.

Colligant dut apprendre qu'on parlait déjà du mariage de René Cervier avec la fille d'un gros marchand de Chalon. René Cervier aimait la gloire provinciale, et, si Daniel le contredisait sur ce point, il le faisait toujours avec mesure. Ce mélange de courtoisie et de dureté déroutait Colligant.

La table. C'était une grande table de cerisier, sur laquelle on posait une nappe immense. Des porte-couteaux désuets s'y trouvaient disposés avec une régularité solennelle. Sur le côté, rayonnait un vase de cristal en forme de corne d'abondance et qui devait dater de la jeunesse de Mme Aline. Le vase contenait des bouquets de fleurs toujours renouvelées. Colligant remarqua que les convives regardaient souvent les fleurs. Jamais René Cervier ni Daniel ne venaient à table en habits de travail. Daniel, qui enfilait de gros gants de peau pour camper les gerbes, présentait des mains aussi soignées que celles de son oncle. Colligant observait combien étaient précis les gestes de leurs mains. Les doigts de Daniel semblaient danser légèrement comme s'il jouait aussi du saxo avec son pain ou avec son verre.

René Cervier parlait volontiers de chevaux et d'automobiles. Daniel, qui partageait son goût des randonnées violentes, s'intéressait à ces questions, mais, parfois, il demandait s'il était intéressant de passer sa vie à élever des bêtes de race, ou à foncer sur les routes dans quelque auto de luxe.

— Tu aimeras cela autant que moi, disait Cervier.

— Daniel s'amuse toujours à contredire son oncle, observait dame Aline sans le moindre sourire, mais il est fait pour mener grand train.

Colligant se familiarisait peu à peu avec la maison. Il lui était toujours agréable, après une journée passée dans les champs, de retrouver l'enfilade du vestibule, du salon et de la salle à manger. En attendant les repas, chacun venait s'asseoir où bon lui semblait dans quelque angle confortable de ces larges pièces. L'un des hôtes s'avisait parfois de prendre place à côté de Colligant. Mme Aline venait ainsi deviser presque chaque jour. Elle apportait un livre qu'elle gardait ouvert sur ses genoux et dont elle reprenait la lecture quand elle jugeait qu'elle avait assez parlé.

— Combien j'ai pu regretter, dit-elle un soir à Colligant, que Pierre, mon premier fils, se soit plu à fréquenter des voyous et à satisfaire ses caprices incompréhensibles. Nous craignons que Daniel ait le tempérament de son père.

— Qu'est-ce qui vous fait craindre ? demandait Colligant.

— Je vous en prie, monsieur Colligant, disait dame Aline, donnez à Daniel le désir de conduire une grande et belle exploitation telle que la nôtre.

— Vous devez être assurée de tout mon dévouement, disait Colligant.

— Je n'arrive pas à comprendre, reprenait la

dame en rêvant, pourquoi Daniel cherche si souvent à nous braver.

Cependant la moisson menait son train. Il fallait sans cesse veiller à de nombreux détails, que ce fût le bon état des machines, ou la constitution des équipes à répartir sur le domaine. Colligant allait et venait dans la vieille auto réservée aux courses à travers champs. Daniel l'accompagnait. Colligant le mettait au courant de toutes les dispositions qu'il prenait, et, chaque après-midi, il le faisait travailler dans une équipe. Daniel semblait observer Colligant et, après s'être livré dès les premiers jours à quelques confidences, il attendait sans doute de savoir si le nouveau chef de culture serait un camarade ou un magister. Colligant se souciait peu d'entrer dans ses affaires. Quand il avait l'occasion de bavarder avec lui, il lui parlait du lycée de Mâcon où ils avaient l'un et l'autre bâclé leurs études, ou bien encore il lui demandait quelles idées il se faisait de la musique. Mais la conversation tombait vite sur ce sujet, quoique Daniel se passionnât pour le jazz ainsi que son oncle. Depuis son arrivée, Colligant avait rarement entendu le saxo de Daniel, et encore plus rarement René Cervier jouer du piano ou du clavecin. Daniel lui apprit que l'hiver on faisait des réunions musicales à Champlevant.

— J'aimerais mieux jouer dans les bals, avouait-il. (Mais vraiment tout cela lui importait peu.)

Le lendemain du jour où la moisson fut terminée, Daniel déclara à Colligant qu'il désirait faire une promenade à cheval, et il le pria de l'accompagner.

Colligant refusa d'abord, alléguant quelque tâche à remplir, mais René Cervier survint et le pressa d'accepter : lui-même participerait à la promenade. Cervier appela un palefrenier qui amena bientôt devant la maison trois chevaux sellés. On partit donc lentement par un chemin que choisit Daniel. Les chaumes éclataient au soleil et il n'y avait pas une herbe dans leurs étendues récemment mises à nu. Sur le chemin, les fleurs des chicorées se mêlaient de loin en loin aux pâturages desséchés. Cette piste semblait s'enfoncer tout au fond de la plaine, mais bientôt elle fila aux flancs d'une immense colline largement ouverte à la lumière. Peu de paroles furent échangées. On pressa l'allure et l'on arriva en vue d'un bois.

Alors Daniel éperonna soudain sa monture et René Cervier réagit si rapidement qu'il le rattrapa en quelques foulées. Colligant chercha à les suivre, mais quand il parvint à la lisière du bois, ses deux compagnons le devançaient déjà d'une centaine de mètres. Ils avaient lancé leurs chevaux dans un galop furieux.

Ce bois planté de pins et de hêtres était traversé dans toute sa longueur par une allée rectiligne, très accidentée, qui plongeait à deux reprises dans des ravins abrupts. Par endroits des arbres abattus étaient jetés en travers. Colligant put ainsi assister à une course effrénée à laquelle se livrèrent l'oncle et le neveu. Il était incroyable de lancer les chevaux dans les pentes à une telle vitesse, et les sauts qu'ils devaient faire par-dessus les arbres abattus étaient un exercice facile en comparaison de ces dévalades. A chaque instant, Daniel et son oncle risquaient aussi d'être désarçonnés par les branches basses des hêtres, penchées au-dessus de l'allée. Mais ils évitaient ce danger avec une étonnante habileté. Lorsque Colligant les rejoignit, ils avaient arrêté leurs montures à l'extrémité du bois. Ils venaient d'allumer une cigarette et se regardaient en souriant. Colligant n'osait leur faire observer qu'ils s'étaient conduits comme des fous, et lui-même fuma pour se donner une contenance. Soudain, Daniel et René Cervier, après s'être jeté un coup d'œil rapide, firent volte-face et reprirent leur course dans la direction opposée. Colligant renonça à les suivre et il inspecta le bois, songeant qu'on pourrait y pratiquer quelques coupes utiles. Daniel et René Cervier vinrent le retrouver, après avoir accompli leur parcours à une vitesse insensée. Plus tard, comme ils chevauchaient à travers la plaine, Colligant dit :

— Donc aucun de vous deux ne s'est encore tué cette fois-ci.

— Vous êtes un homme plein de prudence, répondit joyeusement René Cervier, mais vos paroles me semblent audacieuses.

Daniel rit aussi :

— Nous aimons vivre et nous quereller, monsieur Colligant.

Ils repartirent au galop, mais cette fois Colligant put les accompagner sans difficulté.

Au repas de midi il y eut une querelle, en effet.

Daniel s'était adressé d'abord à sa grand-mère, en lui servant respectueusement un verre de vin :

— Savez-vous ce que Claude et Martine Chapus racontaient hier soir après le dîner ? J'étais en train de dormir à moitié sous une meule quand ils sont passés.

— Que m'importent les amours de Claude ? observa dame Aline.

— Ils ne parlaient pas d'amour : ils discutaient sur notre famille. Ils prétendaient que René Cervier (c'est ainsi qu'ils disaient) pouvait fort bien être mon père.

— Que signifie ? dit Cervier. Tout le monde sait que je t'ai recueilli et que tu es mon neveu.

— Tout le monde sait sans doute, dit Daniel, excepté Claude et ceux qu'il avait entendus bavarder sur votre compte !

— Qui bavarde sur mon compte ?

Daniel poussa tout de suite l'insolence à l'extrême :

— Comment pourriez-vous épouser cette demoiselle de Chalon, si seulement on a des doutes sur ma noble origine et si l'on croit...

René Cervier ne parut nullement troublé.

— Qui peut ignorer que mon frère... murmura-t-il.

— Mon Dieu, dit Mme Aline, n'écoutez jamais les cancans.

— Moi je l'ignore, dit Daniel avec froideur. Je ne sais pas comment mon père est mort, ni même si Pierre Cervier a existé.

René Cervier fit claquer ses doigts.

— Pierre Cervier, ton père, n'est peut-être pas mort, mais Dieu sait où il se trouve à l'heure qu'il est. Si je pouvais le découvrir...

Daniel dit :

— Je vous en prie, restez à table. Claude et Martine Chapus n'ont absolument rien dit sur cette question, mais c'est au moins la troisième fois que vous reconnaissez que mon père est encore de ce monde.

Cervier se reprit :

— Je ne sais rien sur ton père, et j'ai voulu dire que je ne pouvais assurer s'il était mort ou vivant.

— J'ai toujours eu de bonnes raisons de croire que vous me cachiez quelque chose, dit Daniel, mais, je vous le répète, je découvrirai la vérité.

— Daniel, n'es-tu pas heureux ici ? intervint dame Aline qui demeurait toute raidie par une sorte d'effroi. N'es-tu pas heureux, Daniel ?

Daniel lui sourit, et il eut aussi pour Cervier un regard amical.

— Vous pensez à ma situation, je n'ai jamais mis cela en doute. Mais moi je pense à mon père. Pourquoi l'avez-vous abandonné ?

Cervier demeura silencieux, la tête penchée. Quand il la releva il regarda Colligant :

— Daniel profite de votre présence pour faire un scandale et tenter de me pousser à bout. Certainement je ne sais pas ce qu'est devenu mon frère. Il a échappé à toutes mes recherches. On ne peut faire l'impossible (il se tourna vers Daniel), et ne vaut-il pas mieux vivre ici en paix, sans trop réfléchir ?

Daniel garda le silence pendant quelques instants. Enfin :

— Vous craignez que je retrouve mon père, mais vous ne pourrez m'en empêcher.

— Tu dois penser d'abord à faire ton travail, dit Cervier. Il me semble que cette discussion a suffisamment duré. Nous la reprendrons une autre fois.

— Je suis d'accord pour la reprendre plus tard, dit Daniel.

— Il n'y a pas de meilleur enfant que Daniel, dit dame Aline à Colligant.

Après tout, c'était une querelle comme une autre et l'on aurait pu tout aussi vivement disputer sur le prix du blé. On parla des invités que l'on recevrait, maintenant que la moisson était terminée. Colligant regardait l'allée du jardin par la fenêtre. Les fleurs se courbaient sous un beau vent frais.

III

— Dans la plupart des maisons, monsieur Colligant, disait René Cervier, vous trouverez de fichues histoires.

Après avoir chassé de compagnie pendant deux heures, Colligant et Cervier venaient de s'asseoir sur l'un des talus d'herbe pâle qui séparaient quelques champs en terrasse, le long de ce bois de noisetiers tout frémissant sous le ciel d'automne. Ils tenaient encore leurs fusils, car les chiens suivaient une piste dans le labour voisin. Daniel était resté à la maison ce jour-là.

— Oui, dans la plupart des familles, répétait Cervier.

Chez Maître Hesdin, à Pondeuvre, c'était la femme qui avait tiré sur un amant infidèle. A la ferme de Puiselier l'ivrognerie régnait. Au domaine de Méridut c'étaient des affaires d'empoisonnement.

— Heureux sont ceux qui se gardent intacts, monsieur Colligant, mais il faut reconnaître que c'est miracle si tant de gens réussissent à vivre sans être discrédités malgré tout. Il leur faut beaucoup d'énergie, et n'est-ce pas merveilleux ?

Colligant se disait que, même discrédités, les siens avaient poursuivi leur existence. On allait au marché, à l'épicerie et au cinéma comme auparavant.

— Simple question de patience, répondit Colligant.

— De la patience, c'est ce qui manquait le plus à Pierre, dit Cervier.

Des perdreaux se levèrent au bout du champ, mais Cervier n'y prêta aucune attention. Il se mit à raconter l'histoire de son frère, non sans laisser de longs intervalles entre certaines phrases.

A la mort d'Hector Cervier, le père, Pierre Cervier profita de l'héritage qu'il avait reçu, pour voyager. Il était déjà établi fort convenablement comme directeur de deux salles de cinéma, car il avait trente ans à cette époque alors que René Cervier atteignait à peine sa vingtième année. Donc il confia à un gérant la direction des deux établissements, puis il partit. Il se ruina au cours d'un voyage en Asie, et il dut errer un certain temps à travers l'Indochine en quête d'un gagne-pain. Quand il fut de retour en France, il ne retrouva qu'un maigre capital, dont il ne pouvait faire aucun usage. Il refusa de remettre cet argent à son frère qui lui proposait en échange un emploi dans son domaine.

Les chiens, revenus de leur course folle à la

poursuite des perdreaux, se couchèrent aux pieds de René Cervier qui se baissa pour caresser leurs museaux :

— C'est à son retour que mon frère a épousé cette femme, une étrangère dont j'ignore l'origine. Elle s'appelait Amélie. Je crois qu'il l'a rencontrée dans un bar de Mâcon. Je ne sais rien d'autre.

Pierre Cervier était parti avec Amélie pour Paris, où ils restèrent peu de temps. Ils voyagèrent et l'on fut cinq ans sans recevoir d'eux aucune nouvelle.

— J'ai retrouvé mon frère à Marseille par le plus grand des hasards, dit Cervier. Il était très malade. Il logeait dans un taudis, et son fils Daniel vivait en compagnie de gosses misérables dont une vieille chiffonnière assumait la charge. Ces gosses devaient voler pour se nourrir, et Daniel qui n'avait que quatre ans mangeait Dieu sait quels débris. J'ai emmené Daniel, et j'ai fait donner des soins à mon frère. Celui-ci était parti pour Brindisi quand je revins une semaine plus tard. Il savait Daniel en sécurité, et l'argent que je lui avais laissé, il le dépensait à visiter la Sicile (d'après ce que la chiffonnière m'a conté). Etait-ce un mensonge ? J'en suis presque sûr, mais je n'ai pu retrouver aucune trace de mon frère. Il y a de cela treize ans. Amélie était morte peu après la naissance de Daniel.

Des penchants de ce vallon où s'étaient assis Cervier et Colligant, on n'apercevait alentour aucune habitation, et il semblait que la ferme de Champlevant fût à tous les diables. Le bois de noisetiers ne cessait de frémir vers la gauche. Une guêpe vint chanter aux oreilles des chiens, et l'un d'eux l'attrapa d'un coup de dents sec.

— Laisse, Mars, dit Cervier. Daniel ne serait pas satisfait si tu te faisais étouffer par une guêpe.

Il expliqua à Colligant que Mars était le chien préféré de Daniel. Colligant interrogea René Cervier d'un rapide regard. Cervier dit :

— Jusqu'à l'âge de quinze ans Daniel s'est montré assez raisonnable, mais un jour, pendant les vacances de Noël, il a surpris quelques paroles qui concernaient son père.

On lui avait assuré que Pierre Cervier était mort. Une simple allusion de Mme Aline, qui ne se croyait pas entendue, le détrompa brusquement. Mme Aline se trouvait au salon avec René Cervier (elle avait déploré de n'avoir aucune nouvelle de son fils aîné), et Daniel était entré sans qu'on le vît. Il ne fit pas mine d'avoir compris qu'il s'agissait de son père, et se montra tout aussi confiant que d'habitude. Mais le lendemain, au repas de midi, il posa une question inattendue à René Cervier. Depuis ce temps il ne cessa de le harceler. Cervier avait pu se procurer, d'après les déclarations de son frère, l'extrait de naissance de Daniel à la mairie d'Autun. Il retrouva mention de la mort d'Amélie dans un journal de Lons-le-Saunier, qui annonçait qu'elle avait été victime d'une congestion dans la rue. Cela s'était passé peu après la naissance de Daniel. Pourquoi dans la région de Lons ? René Cervier ne le comprit jamais, et il ne subsistait aucune trace des gens qui auraient pu connaître Amélie. Sans doute faisait-elle un voyage dans cette région.

Daniel admit très bien la mort de sa mère, mais non celle de son père. Dès qu'il s'avisa d'exprimer quelques doutes à son oncle, celui-ci prétendit que Pierre Cervier était mort à l'hôpital de Marseille, un jour qu'il faisait une tempête de neige sur cette ville.

— J'ai pensé qu'il valait mieux mentir, affirma Cervier. Il était trop incroyable que je n'aie aucune nouvelle de Pierre. D'ailleurs, que ferait Daniel avec un tel père ? Vous ai-je dit qu'il s'adonnait aux stupéfiants ?

Daniel avait toujours été hanté par cette invraisemblable histoire de tempête de neige. Il y ajoutait foi malgré lui, sans cesser de soutenir que l'on mentait. Peu à peu René Cervier avait changé de tactique, et maintenant il assurait parfois que son frère vivait encore. Mais les doutes de Daniel s'en exaspéraient.

Colligant scrutait le visage de Cervier. Pour rompre la conversation, il dit :

— Daniel ne chasse donc pas cette année ?

Cervier caressa la tête de Mars :

— Vous savez sans doute, monsieur Colligant, que Daniel a tiré sur moi et que moi aussi...

— Eh bien, dit Colligant, pourquoi ne pas vous demander si Daniel a l'intention de chasser cette année ?

Un subit coup de vent rebroussa les feuilles dans le bois de noisetiers. Les chiens dressèrent l'oreille.

— Daniel, dit René Cervier, a dû commettre une simple étourderie.

— Mais vous... dit Colligant.

— Voici la suite de l'histoire, coupa Cervier, et il n'est pas inutile que vous la connaissiez, monsieur Colligant. Vous pourriez détourner les idées de Daniel, l'empêcher de penser à son père et l'intéresser aux choses des champs dont il doit vivre. C'est un peu dans cet espoir que je vous ai demandé de venir à Champlevant.

Daniel s'était fait mettre à la porte de deux lycées. La première fois ce fut dans l'année qui suivit ces vacances de Noël. Méthodiquement il délaissa ses études, et se livra à diverses incartades, propres à le rendre tout à fait insupportable. Cervier ne fut pas tellement fâché de cette conduite qui lui permit de rappeler Daniel à la ferme. Mais dès son retour à Champlevant, Daniel mettait le feu à une meule, et le lendemain déclarait à son oncle qu'il commettrait les pires méfaits si on ne lui faisait aucune révélation concernant son père.

— Je me suis d'abord obstiné à lui répéter que son père était mort. C'est un peu plus tard qu'il y eut cette histoire de chasse.

Daniel avait insisté pour avoir un fusil, et peu de temps après il avait failli tuer son oncle qui, à son tour (le jour même, par une malchance stupide), lui tira dans les jambes.

— Maladresses de chasseurs, conclut Cervier. La feuille n'était pas tombée, et nous chassions dans un lieu plein de fourrés et de rocs, mais c'était une coïncidence inexplicable.

— Sans doute exagérez-vous tout cela, disait Colligant.

— Avez-vous vu l'autre jour comment Daniel sait monter un cheval ? répondit Cervier. Daniel est orgueilleux et après tout je n'en suis pas fâché.

La matinée s'avançait. Colligant et Cervier attachèrent les laisses aux colliers des chiens. Ils revinrent à Champlevant.

— Vraiment, vous ne savez rien d'autre sur Pierre Cervier ? demanda Colligant, comme ils pénétraient sous le porche.

Cervier s'arrêta pour répondre :

— Mon frère était un homme doué de grandes qualités malgré les sottises puériles qu'il a pu commettre. Cela je le sais et je l'ai dit à Daniel.

Mme Aline, inquiète du retard des chasseurs, se tenait sur le seuil. Partout sous l'avancée des toitures, les épis de maïs tremblaient au vent d'automne. Dame Aline sourit gaiement.

Daniel était à table et lisait un journal. Un des chats du logis venait de sauter sur ses genoux :

— Avez-vous fait bonne chasse, ce matin ? demanda-t-il.

Le repas fut paisible et animé. Seul Colligant demeurait silencieux.

— Vous vous demandez trop de choses, monsieur Colligant, lui dit Daniel.

IV

Durant l'automne et l'hiver on reçut beaucoup d'amis, de parents et de voisins à la ferme de Champlevant. De longs mois devaient passer dans le plus grand calme et les discussions furent rares. Colligant écoutait les conversations à la façon dont chacun écoute dans les campagnes le passage du vent sur les peupliers, tandis qu'il guette un autre bruit encore inexistant, que ce soit la trompe du boulanger ou le galop d'un cheval.

La mauvaise saison ne paraissait pas modifier profondément les alentours. Les blés en herbe et les terres défrichées traçaient dans l'étendue des lignes pareilles à celles des moissons. Les chemins devenaient plus visibles, mais ni le brouillard ni les neiges ne détruisaient tout à fait leur verdure. Des fleurs, comme les achillées, subsistaient jusqu'en janvier, très peu de temps avant l'apparition des premières floraisons printanières qui se manifestaient en février : tussilages et lamiers pourpres. Les alouettes choisissaient avec science, pour leurs chants, des matinées d'une pureté particulière, et les corbeaux dont les troupes devenaient plus grandes, se transportaient lourdement d'une colline à l'autre, en attendant de voguer en plein ciel, à ce moment même où les tussilages devaient s'épanouir sous les tempêtes.

Colligant, au moindre prétexte, partait le long des chemins. Il s'avisa un jour qu'on pourrait faire des coupes dans ce bois, où Cervier et Daniel menaient leurs chevauchées, mais Daniel aimait ce bois, et Cervier répondit qu'il n'en détruirait pas la moindre branche. Colligant fit part de cette réponse à Daniel.

— Croyez-vous donc que René Cervier soit un homme impoli ? lui dit Daniel.

Donc, presque tous les dimanches, depuis le mois d'octobre, arrivaient pour le déjeuner une douzaine d'invités qui repartaient très tard dans la nuit. Quelques-uns habitaient Pondeuvre, mais la plupart venaient des fermes à plusieurs lieues de Champlevant. Lorsque les Cervier étaient invités à leur tour, Colligant les accompagnait. On retrouvait toujours à peu près le même cercle de gens. Parfois, comme l'avait dit Daniel, on donnait des concerts à Champlevant.

Mme Choivant avait trois rengaines : « Les roses sont les plus belles fleurs », disait-elle. Et aussi : « Une femme doit se tuer au travail. » La troisième c'était : « Qu'est-ce qu'on entend au-dehors ? » comme si toujours elle percevait des bruits qui échappaient à tout le monde. Cette vieille vigneronne avait enterré toute sa famille.

Mme Choivant se tenait toujours dans l'angle d'un meuble, et en général, chez les Cervier ou chez les gens visités par les Cervier, chacun choisissait une fois pour toutes sa chaise ou son fauteuil. Seul Marville, l'entomologiste du département, qui avait voyagé autour du monde, restait debout. Il ne disait jamais rien, parce qu'il était tout occupé à faire des gestes gracieux qui figuraient certainement dans leurs détails certains souvenirs des pays éloignés. Du moins les gens de la campagne imaginaient cela. Il avait pour maîtresse une jeune fille de Tournus. C'était ainsi, et l'on savait que c'était ainsi.

Giromandin et sa femme buvaient sans cesse des liqueurs quand ils étaient en compagnie. Le reste de leur vie se passait à trimer dans une ferme assez pauvre, où ils faisaient presque tout l'ouvrage avec leur fille. Agnès buvait un peu moins que ses parents. Elle avait déjà failli mourir pour avoir veillé et soigné des malades dans son village. Chez les Cervier elle jouait aux cartes avec Sièvre et Facailleux, deux gentilshommes campagnards dont le principal rôle en ce monde semblait de concevoir d'immenses idées de chasse.

Autour de la ferme, le vent d'hiver ne cessait de mener une clameur vive, car aucune rangée d'arbres n'abritait les bâtiments. Il était rare qu'on n'entendît pas le vent au cours de ces réunions chez les Cervier. Seul le travail de la semaine permettait de l'oublier.

Il y avait aussi Morin qui venait d'une ferme très éloignée. C'était un des amis les plus fidèles. Il fumait sa pipe en regardant par la fenêtre, et de temps en temps il accordait à ses voisins quelques phrases syncopées. Sa fille Irène se tenait toujours à côté de lui lorsqu'elle ne participait pas aux jeux des autres garçons qui étaient les invités de Daniel. Ces jeux, c'étaient quelques danses au milieu du vestibule, au son du phono, ou bien, quand la terre n'était pas trop détrempée, on organisait des courses de chevaux dans le pré avec les ouvriers de la ferme. Irène était la seule jeune fille qui consentît à monter un cheval, et on l'estimait pour cette seule raison, car elle ne savait ni parler ni sourire. Rien qu'un sourire mécanique.

Au milieu de cette compagnie on voyait de temps à autre les Chabet, ces gros marchands de Chalon, avec leur demoiselle, Edwige, aux regards de pervenche, promise (disait-on) à René Cervier.

Danses et jeux, même repas, n'étaient à Champlevant que des intermèdes peu importants. La plus grande partie du jour se passait à attendre, en bavardant, l'heure assez tardive où l'on devait se séparer.

Le vent se heurtait aux grandes portes des granges, et certains sifflements très clairs et très lointains accompagnaient son souffle.

— Ne se croirait-on pas dans une salle d'attente ? disait Daniel à Colligant.

Un soir on entendit des cris au-dehors. Des cris

légers, et ils ressemblaient aussi à un appel au secours.

— C'est une femme qui crie, dit la vigneronne.

Marville leva silencieusement une main éloquente, mais sa main heurta les cristaux d'un lustre qui se mirent à tinter, et il sourit.

— Ecoutez donc, disait Mme Giromandin.

Daniel sortit et braqua dans la cour une lampe électrique. C'étaient deux enfants qui se lançaient des boules de neige malgré la nuit qui tombait.

— Les deux gamins de Merval, dit Daniel en rentrant.

— Deux types de l'Assistance qui travaillent avec Merval, précisa Cervier.

— De l'Assistance ? répéta Mme Choivant sur un ton chantant et prétentieux.

Facailleux battit les cartes et les distribua. Les conversations reprirent et Daniel s'approcha de Colligant :

— Vous constatez, lui dit-il, que ces campagnards sont vaguement excités. Il n'y a pas de doute, certains connaissent une histoire à notre sujet, et cela doit être l'histoire de mon père. Personne ne desserrera les lèvres, bien sûr, mais ils viennent tous pour voir s'il se passera quelque événement un jour, ou un soir.

Colligant ne put se tenir de railler le caractère soupçonneux de Daniel. Celui-ci le regarda tout étonné :

— Plus d'une fois, mon oncle et moi-même nous sommes entrés dans ce salon au moment où les gens ne s'y attendaient pas. Aussitôt il y avait un silence terriblement embarrassé.

— Qu'est-ce que vous supposez donc ?

— Moi, je suppose que mon père a dû commettre un acte irrégulier, un vol, ou bien... A moins que René Cervier n'ait aussi des responsabilités, mais maintenant je crois plutôt qu'il ne sait rien.

Colligant oublia vite cet entretien, et à mesure que l'hiver s'écoulait, il retrouvait avec un plaisir de plus en plus vif ces réunions monotones du dimanche.

Mme Choivant s'était mis en tête de résoudre des problèmes de mots croisés, auxquels elle faisait participer tous les assistants, selon la spécialité qu'elle leur supposait. C'était Marville qui lui servait d'intermédiaire pour consulter l'un ou l'autre.

— Monsieur Cervier, je vous en prie, Mme Choivant demande comment on dit « cadence » en termes de jazz ? Monsieur Facailleux, quel est le plus célèbre assassin du XIXe siècle ?

— Je vous assure qu'on entend toujours des pas dans cette cour, répétait de loin en loin la vigneronne.

Marville faisait des voltes qui découvraient soudain les grimaces des gens, persuadés que son grand corps les masquait. Marville allait souvent poser une question à Irène, qui répondait avec une rapidité automatique, car elle avait gardé de ses études un souvenir rigoureux et apparemment imbécile. Irène écoutait avec attention les paroles de

Marville, puis aussitôt se tournait vers Mme Choivant pour lui lancer sa réponse. Lorsque Marville s'effaçait, Colligant voyait le visage d'Irène toujours pareil, et tiraillé par le déclic d'un sourire.

— Monsieur Colligant, voulez-vous demander à Mlle Irène, s'exclama un jour Mme Choivant, qu'elle vous récite tous les noms d'orchidées dont elle a connaissance.

Colligant accomplit sa mission, et dès qu'il eut transmis le désir de Mme Choivant, il s'assit à côté de la jeune fille. Celle-ci sourit et le regarda, puis elle récita une vingtaine de noms.

— Ce n'est pas cela, dit la dame.

Irène en trouva six encore. Elle ne cessa de regarder Colligant.

— Je suis très étonné, dit Colligant.

— C'est machinal, dit Irène.

Le père Morin ne paraissait pas tellement satisfait des connaissances de sa fille :

— A quoi est-ce que cela te sert ? murmurait-il.

Alors Colligant s'aperçut que René Cervier surveillait de loin très attentivement son entretien avec Irène. Colligant avait demandé à la jeune fille de lui décrire certaines orchidées, et elle le faisait avec une précision obstinée. Cette fois, sa voix chantait un peu. Il lui offrit une cigarette, mais elle s'excusa, disant qu'elle ne pouvait supporter que les cigarettes blondes :

— J'ai oublié mes cigarettes dans le vestibule. Je vais les chercher.

— Permettez-moi... demanda Colligant.

— Vous ne les trouveriez pas, assura-t-elle. Le paquet est dans une poche de mon manteau.

Irène Morin se leva et sortit de la pièce. Il y avait entre le salon et le vestibule des allées et venues auxquelles personne ne prêtait attention. Au bout d'un quart d'heure la jeune fille n'était pas revenue. Comme on entendait le phono, Colligant supposa qu'on l'avait invitée à danser. Il sortit à son tour.

Irène n'était pas dans le vestibule. Deux couples dansaient. Un vieillard bavardait avec M. Chabet. Ils étaient assis à côté de l'énorme poêle de faïence verte. Colligant gagna le corridor sans que personne l'eût remarqué.

Irène se tenait immobile dans la cour, à deux pas du seuil. Le vent soufflait doucement, et il gelait fort sous ce clair de lune. La cour était déserte. Colligant s'approcha d'Irène. Elle tourna son visage vers lui, puis le détourna.

— Croyez-vous qu'il va neiger ? demanda-t-elle.

Des nuages fins couraient dans le ciel.

— Je ne crois pas qu'il va neiger, répondit Colligant.

Irène se disposa à rentrer dans le corridor. Colligant la suivit et juste au moment où ils franchissaient ensemble le seuil, il l'embrassa. Elle lui abandonna ses lèvres une seconde.

— Vous n'êtes pas assez habillée pour sortir par ce froid, dit Colligant.

— Non, dit-elle.

Il l'étreignit légèrement.

— Etes-vous sûr qu'il ne neigera pas ? reprit-elle.

Colligant la serra plus fort contre lui et l'embrassa encore. Ils rentrèrent ensemble au salon, et la première personne qu'ils virent derrière la porte ce fut René Cervier. Celui-ci déclara aussitôt à Irène Morin qu'il serait content de lui parler. Colligant s'était éloigné. Il alla s'asseoir tout près de Morin qui se tourna aussitôt vers lui :

— Vous avez bavardé avec Irène ? lui demanda-t-il.

— Nous avons échangé quelques mots.

— Bien sûr, bien sûr, dit Morin.

Certes Colligant, qui se sentait troublé au souvenir d'un baiser échangé avec une telle indifférence, se demandait quelle sorte de gens étaient les Morin. René Cervier ne quittait pas la jeune fille et paraissait avoir avec elle un entretien assez important.

Quand Irène fut de nouveau seule, elle vint s'asseoir auprès de Mme Choivant sur un tabouret. Mme Choivant caressa ses cheveux blonds. « Tout cela ne signifie rien », se disait Colligant.

Il était si préoccupé qu'il resta un bon quart d'heure immobile dans son fauteuil. Daniel, debout un peu plus loin, discutait avec Marville.

Colligant regardait vers la fenêtre. Vraiment cette maison était douce à habiter. Aucun souffle ne pénétrait dans les immenses pièces. Inutile même de rabattre les contrevents, tellement ces vieilles fenêtres se fermaient avec précision sur leurs bordures de cuivre. Comme ces carreaux étaient bien nettoyés !

Alors Colligant aperçut une silhouette derrière les carreaux, mais si difficile à percevoir qu'on pouvait croire que c'était une illusion. L'ombre se déplaçait de façon curieuse, et ses contours tantôt s'effaçaient, tantôt se précisaient. Tout d'un coup, à la place exacte de l'ombre, un visage apparut avec netteté. Colligant demeura cloué dans son fauteuil comme s'il s'était trouvé au cinéma.

C'était un visage soigneusement rasé, et parcouru de rides nombreuses. Les yeux paraissaient étincelants. La chevelure blonde ou blanche encadrait magnifiquement le front. Mais cette vision disparut rapidement. Colligant regarda autour de lui. Personne ne semblait avoir rien remarqué. Morin fermait à demi les yeux :

— Monsieur Colligant, dit-il, croyez-vous qu'il soit bientôt l'heure de se mettre à table ?

Quelques instants plus tard la servante venait annoncer que le repas était servi. Colligant se disait que le visage n'était celui d'aucun des convives (il avait pensé un moment que Chabet avait pu sortir et regarder ainsi par la fenêtre). Un domestique ? Aucun des employés de la ferme n'avait cette expression sauvage.

Ce fut ce soir-là que Colligant apprit comment Amélie Cravart, la femme de Pierre Cervier, avait été servante chez Morin.

V

Des magazines illustrés de photographies étaient empilés sur le rebord de la fenêtre.

— Qu'est-ce que tu penses trouver dans ces journaux ? dit Morin.

Irène, accoudée à la grande table de cuisine, lisait rapidement un de ces journaux.

— C'est toujours les mêmes images, dit Morin.

Il indiquait sur le journal une route qui fuyait vers l'infini, à travers des vallonnements déserts.

— Un vieux journal, disait Irène.

En présence de Morin elle montrait un visage aussi dénué d'expression que lorsqu'elle se trouvait parmi des étrangers. Elle fixa sur ses lèvres un vain sourire. C'était un dimanche, celui qui suivit la réunion où Cervier avait eu un long entretien avec Irène.

— Que t'a donc conté Cervier l'autre jour ? demanda Morin.

— Il voulait avoir quelques renseignements sur

notre famille. Nous avons parlé d'Estelle Janicot, ma mère.

— Bien bizarre, dit Morin. Tout le monde connaît cette histoire, et comment se fait-il qu'il ne la connaissait pas ?

— Il voulait des précisions simplement.

— Pourquoi s'est-il donc adressé à toi ?

Le chien, qui était couché sous la cheminée, s'étira et vint s'asseoir au milieu de la cuisine. Ses yeux reflétèrent d'abord le balancier doré de l'horloge, et (quand il tourna la tête) les champs de neige entre les rideaux de la fenêtre. Irène continuait à feuilleter son magazine.

— Personne ne viendra ici aujourd'hui, dit Morin. Notre maison est bien trop isolée, et qui pourrait voyager par un temps pareil ?

Le long des pentes superposées du terroir, une violente tempête faisait voler des tourbillons de neige sous l'éclaircie. Puis les flocons se remirent soudain à tomber et l'on ne voyait plus rien, sinon par instants les arbres du jardin vers la gauche ou un tombereau sur le chemin de la ferme.

Au bas de la photographie qui représentait une route un nom était écrit deux fois à l'encre violette : Amélie Cravart.

— Un soir elle a écrit cela, dit Morin.

Morin appartenait à une bonne famille de Tournus. Ses parents tenaient une boulangerie-épicerie dans la grande rue transversale, à cent mètres de la Saône. Après un séjour au collège de Chalon, il entra comme ouvrier à la ferme de Montaugé, et ses parents lui achetèrent une culture en 1918. Il avait toujours mené la vie taciturne d'un jeune homme qui ne connaît que son travail. Sa famille songeait à le marier, mais il s'éprit d'une servante, Estelle Janicot, qui mourut en mettant au monde la petite Irène. Morin n'était pas tout à fait sûr qu'Irène fût sa fille, car Estelle Janicot semblait serrée de près par un palefrenier de la ferme. Toujours est-il qu'il prit la résolution de vivre seul, craignant qu'Irène fût méprisée par une de ces femmes vertueuses qu'on ne manquait pas de lui proposer. Or, un soir...

Morin était allé à une vente de matériel au village de Saunes. Il n'acheta rien. Des fermiers amis l'invitèrent à dîner et les deux jeunes filles de la maison, qu'il connaissait bien, plaisantèrent avec lui. Quand il partit, l'une des jeunes filles lui fit de loin un signe avec son bras et il trouva cela très beau. Il s'arrêta un peu plus loin dans un champ pour réfléchir à ce sujet. Le bras d'Annie était gracieux, mais il n'avait aucun amour pour Annie. Il se hâta de revenir à travers champs et il longea les joncs de l'étang de Prêle. Pourquoi regarda-t-il l'eau entre les joncs ? Quoi qu'il en soit, il vit émerger la tête et les épaules d'une fille qui semblait couchée sur le côté. La fille le regardait :

— Venez à mon secours, dit-elle faiblement. Je suis tombée du haut du talus.

Morin descendit et entra dans l'étang. Il n'y avait pas vingt centimètres d'eau, mais il comprit qu'il ne pourrait rien faire tellement la vase était profonde.

— Une branche, il faut une branche, dit-elle.

Il alla couper une grosse branche d'aulne avec son couteau, et la fille put attraper la branche. Il passa un quart d'heure à la tirer de l'étang. Aussitôt qu'elle fut sur la berge elle s'évanouit, mais, revenant bientôt à la vie, elle se mit à sourire.

— Où habitez-vous ? demanda Morin.

— Je suis venue de Mâcon. Je suis étrangère, dit-elle.

— Votre famille ?

— Je vis seule absolument.

— Pourquoi ?

Elle ne répondit pas. Il l'aida à se lever et à marcher. L'air était encore brûlant dans le crépuscule, et des nuées d'orage s'amassaient, parcourues par des éclairs silencieux ou accompagnés d'un grondement très doux. A un endroit où l'étang était bordé de grosses pierres, la jeune fille voulut entrer dans l'eau pour se débarrasser de la vase qui collait à ses jambes et à sa robe. Morin la regarda faire. Elle semblait avoir retrouvé toute sa vigueur. C'était une fille de dix-huit ans, assez grande et fort nerveuse. Quand elle se fut plongée deux ou trois fois, elle revint sur le bord. Sa robe était plaquée sur son corps et elle ne semblait nullement s'en soucier. Elle refusa l'appui de Morin. Il eut beaucoup de mal à lui faire admettre qu'elle devait venir à la maison où on lui prêterait quelques effets et où elle pourrait se reposer jusqu'au lendemain. Elle finit par accepter. En dînant, elle conta qu'elle était venue de Mâcon pour demander une place de bonne d'enfants au château de Charmes, où elle pensait avoir des chances d'être agréée. En revenant, par une traverse, elle avait longé l'étang, et, comme elle voulait cueillir du jonc fleuri, elle avait glissé soudain dans la vase. Elle déclara en outre que ses parents habitaient Paris.

Le lendemain, dès l'aube, elle reprit ses vêtements qui n'étaient pas encore secs et partit. Elle était déjà loin sur la route lorsqu'on vint avertir Morin de son départ.

— Elle s'est sauvée comme une voleuse, lui dit un ouvrier.

Morin sauta sur une carriole et la rejoignit à quelques kilomètres de la ferme. Elle marchait lentement et sans fatigue. Lorsqu'elle vit Morin à ses côtés, c'est à peine si elle consentit à le reconnaître.

— Vous aviez tort de vous hâter, dit Morin. J'ai besoin d'une bonne pour la petite. Nous irons à Mâcon chercher vos effets, et je vous ramènerai.

Elle logeait à Mâcon dans une auberge assez respectable, à l'enseigne du *Stentor,* chez de braves gens, mais pour tout bagage elle ne possédait qu'une petite valise.

Elle avait accepté sans hésitation la proposition de Morin. Ils revinrent ensemble sur la carriole, regardant la route qui montait et descendait les longues collines couvertes de blés et de maïs. Il faisait une chaleur d'orage comme la veille. A mi-chemin, Morin arrêta la carriole sous un bouquet de pommiers, et il embrassa la fille.

Amélie Cravard soigna pendant deux ans la petite Irène, et quoique Morin l'eût suppliée à maintes reprises, elle refusa avec obstination l'offre qu'il lui fit de l'épouser.

Il n'y avait aucun moyen de savoir ce que cette fille pensait. Elle travaillait avec la plus grande placidité. Irène avait sept ans lorsque Amélie s'enfuit en emportant une certaine somme d'argent. Au bout de quelques jours, après avoir fait on ne sait quelles démarches, Amélie se présenta un soir à la ferme de Charny. Morin, furieux de cette insolence, la chassa et elle s'éloigna sans rien dire et sans revoir la petite Irène.

Morin savait qu'un peu plus tard Amélie avait rencontré Pierre Cervier dans un bar de Mâcon, qu'ils s'étaient mariés, et qu'Amélie avait succombé à une congestion au cours d'un voyage à Lons-le-Saunier, peu de temps après la naissance de Daniel. René Cervier qui avait fini par retrouver à Charny la trace d'Amélie Cravart, s'était attaché à Morin peut-être dans l'espoir de connaître des détails sur son frère, mais comment Morin aurait-il pu apprendre la moindre chose à propos de Pierre Cervier ? Depuis longtemps, Irène et Daniel étaient au courant de ces histoires assez répandues dans la région, et qui n'avaient d'ailleurs aucune importance. Morin et les Cervier étaient devenus bons amis au cours des années.

Irène fut élevée par Morin, mais il chercha toujours à l'éloigner de la maison. C'est ainsi qu'elle fit des études dans une pension de Lons-le-Saunier.

Quand elle eut dix-huit ans, elle revint à la ferme de Charny où elle travailla avec application sans jamais savoir si elle était pour Morin une gêne ou une consolation. Pendant les vacances, il la laissait aller chez une cousine d'Estelle Janicot, sans jamais demander aucun détail sur son séjour. Morin ne cessait d'être étonné par les sourires toujours pareils d'Irène. En somme, il menait une vie assez agréablement machinale et taciturne.

— Amélie, la fille qui t'a soignée pendant deux ans, achetait ces journaux à la gare de Mâcon, dit Morin en regardant les flocons tourbillonner devant la fenêtre.

— Je me souviens, répondait Irène. J'avais six ans à cette époque, et nous achetions les journaux ensemble.

Le chien bâilla bruyamment.

— N'est-ce pas l'heure du déjeuner? reprit Morin.

Il appela Jeanne, la servante. Jeanne mit le couvert, servit un rôti, et s'assit à côté de ses patrons. Les autres domestiques avaient déjà fini leur repas dans la salle voisine.

— Quel temps! dit Jeanne. Les portes des écuries étaient barrées par la neige. On a mis deux heures à balayer des allées et il faudra recommencer demain.

Elle se leva pour mettre une bûche dans la cuisinière :

— Dirait-on pas aujourd'hui un temps de sainteté ? Quand je pense que mon vieux m'a quittée pour suivre cette folle de la ferme aux Cailles.

Morin coupa un morceau de pain et le tendit à Jeanne. Il en coupa un autre pour Irène qui le remercia en le regardant. Morin inclina la tête. Alors on entendit le pas sourd d'un cheval dans la neige. Après un léger silence quelqu'un frappa à la porte. Jeanne se leva sans hâte pour aller ouvrir, et René Cervier entra.

— Quelle surprise ! dit Morin. Par cette neige...

— J'arrive un peu tard pour déjeuner, dit Cervier.

Morin sortit et conduisit le cheval à l'écurie. Quand il revint, Jeanne apportait de la cave une bouteille de vin blanc. Cervier s'était assis auprès d'Irène.

— Vous êtes venu seul ? demanda Morin.

— Nous n'attendions personne à Champlevant, expliqua Cervier. Colligant et Daniel voulaient faire du ski sur la côte. Pour ma part, j'ai songé à prendre un peu l'air de Charny.

— Les routes doivent être difficiles, dit Irène.

— J'ai pris par la route nationale où le chasse-neige a passé, mais dans les chemins creux il y avait des endroits où la neige montait jusqu'au poitrail du cheval. Enfin, je me suis débrouillé.

Cervier entama joyeusement le repas. Morin le regardait avec curiosité. Irène souriait de temps en temps. Il y eut au début de l'après-midi une belle éclaircie, et le soleil brilla dans une large bande de ciel bleu pâle.

— Je ne m'attarderai pas, dit Cervier, mais Irène ne m'a jamais montré le cheval qu'elle monte d'habitude, quoique je sois venu ici assez souvent.

Morin resta à la cuisine tandis qu'Irène et Cervier allaient voir le cheval. Ils passèrent le long des sentiers qu'on avait faits dans la neige, et contournèrent la maison pour se rendre à l'écurie où piaffait le cheval de selle que Morin avait acheté récemment pour Irène. Aussitôt qu'ils furent derrière la maison, Cervier prit les mains d'Irène :

— Regardez-moi, dit-il. Vraiment je désire vous épouser.

Il l'embrassa.

— Pourquoi m'aimeriez-vous ? dit Irène.

— Répondez-moi.

— Alors vous songeriez à épouser une fille sans cervelle ? dit Irène. Estelle Janicot, ma mère, vous le savez...

— Je sais, coupa Cervier. Je vous ai déjà parlé dimanche pour vous dire que je vous épouserais malgré tout.

Le vent soulevait gaiement des tourbillons de neige sous le ciel bleu.

— Ce mariage est impossible, dit Irène. Je ne suis pas faite pour vous.

— Vous deviendrez ma femme, assura Cervier avec confiance. Aimez-vous quelqu'un d'autre ?

— Je ne veux pas... dit Irène.

— Est-ce que Champlevant vous paraît une mauvaise maison ?

— Champlevant me plaît beaucoup, dit Irène, mais ce n'est pas une maison pour moi.

Cervier entraîna la jeune fille sur le chemin.

— Venez, dit-il. Je suis très heureux de m'être décidé enfin à vous demander... J'attendais d'avoir la certitude que vous étiez sans ambition, et tout à fait simple.

— J'ai vingt ans, dit Irène.

— Et moi quarante, je le sais bien, mais je vous propose une belle fortune et j'ai pour vous une affection que vous ne retrouverez jamais chez aucun homme.

Irène s'écarta de lui. Ils enfonçaient dans ce chemin et ils étaient tout occupés à retirer leurs pieds des grands trous qu'ils y creusaient. Ils continuèrent à marcher cependant jusqu'au milieu du coteau, où le vent avait balayé des surfaces lisses.

— Non, dit Irène, je n'accepterai jamais.

— Il faut que vous me donniez clairement vos raisons, et j'écarterai tous les obstacles, dit Cervier.

— Je ne peux pas expliquer, mais j'appartiens à une sorte de gens qui ont l'habitude de vivre loin de ceux qui vous ressemblent.

— Morin, votre père, est un homme très honorable.

— Il ne s'agit pas de lui, dit Irène animée d'un feu soudain.

Cervier réfléchit :

— Votre maman est morte, et je ne vois pas de quelles gens vous voulez parler.

— Justement, vous ne comprenez pas, et comment pourriez-vous comprendre ? Retenez d'abord que je n'ai pas beaucoup de plomb dans la tête.

Cervier se mit à rire.

— C'est de l'enfantillage. Nous arrangerons tout cela avec Morin.

— Comment pouvez-vous m'aimer ? reprit Irène. Je n'ai ni beauté ni intelligence.

Cervier la prit dans ses bras.

— Vous n'imaginez pas à quel point...

Il maîtrisa son élan, et ce n'est qu'un peu plus tard, comme ils revenaient vers la ferme, qu'il l'embrassa de nouveau. Mais, aussitôt, elle fit signe de la tête que, malgré ce baiser, elle répondait non et que ce serait non toujours. De grandes traînées de soleil montaient le long des coteaux éclatants. Cervier se mit à rire, comme s'il était sûr que la jeune fille ne résisterait pas longtemps. Il la prit par la taille et elle répéta qu'elle ne pouvait l'empêcher de faire ce qu'il voulait, mais qu'elle refusait ce mariage. Un tel mélange d'abandon et d'entêtement bouleversait René Cervier. Irène livrait son corps et sans doute aussi son cœur, comme si cela n'avait aucune importance. Elle semblait croire qu'il n'y avait rien en elle à prendre ou qu'elle pût véritablement donner.

— Je ne comprends pas très bien pourquoi Cervier a voulu sortir en ta compagnie, répétait Morin pour la troisième fois, lorsqu'il se trouva seul avec Irène avant le dîner.

Irène, qui avait d'abord répondu évasivement, déclara soudain que René Cervier l'avait demandée en mariage. Morin fut si dérouté qu'il se fâcha et qu'il la pria de ne pas plaisanter.

— Il n'y a rien de plus vrai, dit Irène en souriant. Voilà déjà plusieurs semaines qu'il me poursuit.

Morin était hypnotisé par ce sourire dénué de signification. Comment croire qu'un homme tel que René Cervier fût tombé amoureux d'une fille dont l'indifférence avait toujours découragé les prétendants ?

— Explique-moi, explique-moi, ne cessait de répéter Morin.

Irène s'occupait à enlever les petites feuilles mortes de cette balsamine qui était dans un pot au milieu de la table. La balsamine, toujours soigneusement tenue à la chaleur de la cuisine, portait d'assez nombreuses fleurs. Morin regardait les doigts fragiles d'Irène. Elle raconta exactement ce qui s'était passé, comment René Cervier avait promis d'écarter tous les obstacles :

— Quels obstacles ? dit Morin.

— J'ai refusé sa demande, dit Irène.

Alors Morin était entré dans une véritable colère, exigeant d'Irène qu'elle jurât d'accepter cette demande inespérée.

— Tu ne sais donc pas quel homme est René Cervier ? Il m'a secouru jadis lorsque je me suis trouvé dans l'embarras. C'est un homme franc et juste, avec qui tu seras à l'abri des médisances.

— Jamais je ne pourrais donner à René Cervier le bonheur qu'il attend, dit Irène.

Morin fut frappé par cette parole. Il sourit à la

jeune fille. Il songea que, peut-être, elle n'était pas sa fille. Mais certainement elle avait des difficultés à surmonter, si elle voulait échapper à ce caractère insouciant qu'elle avait hérité d'Estelle Janicot.

— Allons, il ne faut pas te décourager ainsi, puisque tu as cette chance...

— Je ne me décourage pas, dit Irène.

— Est-ce que déjà tu aurais connu quelqu'un d'autre ?

Irène se tut. Morin dit :

— Promets-moi que nous irons à Champlevant dimanche prochain.

— Nous irons à Champlevant, dit Irène.

Jeanne apportait la soupe qui fumait familièrement.

Au moment où Cervier s'était préparé à partir, Irène lui avait demandé de seller son cheval. Elle tenait à l'accompagner un bout de chemin.

— Vous ne devez plus songer à moi, mais il faut que je cherche tout de même à vous faire plaisir.

René Cervier éprouvait une grande joie de chevaucher dans cette belle neige aux côtés de la jeune fille et, pourtant, il sentait qu'il n'avait aucun pouvoir de la convaincre. Ils se quittèrent après un petit parcours. Cervier vit la jeune fille lancer son cheval dans la neige avec beaucoup d'imprudence. Le cheval broncha à deux reprises et elle eut bien du mal à le tenir en main.

— Elle est maladroite, murmura Cervier, et je me demande comment elle arrive à rester en selle.

Le vent était tombé. Il faisait plus doux. Déjà, sous cette neige de février, les tussilages et les lamiers s'apprêtaient à sortir. Cervier rentra très tard à Champlevant.

VI

— Oui, dit Daniel. René Cervier est allé chez les Morin hier. C'est assez étonnant, car il ne se permet jamais des fantaisies de ce genre.

Colligant ne lui répondit pas. Il feuilletait un registre et le mettait à jour d'après les notes qu'il avait prises sur son carnet. Par ces temps impossibles on procédait au battage dans une des granges. On voyait la neige qui fondait former des ondulations plus molles, et le purin du fumier traçait des galeries au milieu de la neige.

— Qui aurait pu prévoir ce coup de vent d'ouest ? dit Daniel.

— Le berger m'avait averti de cela hier soir, dit Colligant.

— Il passe son temps à étudier ses rhumatismes et, avec ses rhumatismes, il connaît même les variations de la politique.

Le berger ? Ce n'était pas non plus le visage du père Jacquet que Colligant avait vu dans la fenêtre du salon. En tout cas, Colligant ne ferait jamais part à Daniel de cet incident. Le jeune homme serait capable d'imaginer qu'il s'agissait de son père et, après tout...

Daniel s'ingéniait à recoller les morceaux d'une vieille guitare qu'il avait trouvée dans le grenier.

— Pour ce qui est de mon oncle, et de mon père, dit Daniel, il n'y a pas d'affaire plus simple. Mon père était un original et René Cervier aime la vie régulière. Moi aussi j'aime la vie régulière, mais je voudrais qu'on se remue un peu plus pour avoir quelques nouvelles de mon père. Il ne doit pas manquer d'ennuis, s'il est vivant. On pourrait le remettre à flot, et nous serions tous parfaitement heureux.

— Vous semblez avoir raison, dit Colligant, mais vous songez trop à ce qu'on pourrait faire.

— Je me révolte, parce que je veux être heureux et je veux que tout le monde soit heureux. C'est très simple, comme je vous le disais, mais si vous êtes fichu de comprendre, par exemple, ce que pense Irène Morin... Elle sait qu'elle est fille d'Estelle Janicot, une servante de Morin, mais il n'y a pas de mystère là-dedans. Elle a dans la tête je ne sais quelles autres histoires.

Colligant s'était demandé s'il y avait quelque rapport entre Irène et cet homme qui était venu soudain épier aux fenêtres du salon. Le soir même, il avait parlé de la jeune fille à dame Aline qui lui révélait aussitôt les circonstances dans lesquelles Irène était née.

— Cela est bien regrettable, avait dit Mme Cervier.

Daniel ajustait les cordes de la guitare avec une patience extraordinaire, car les clefs étaient toutes usées et ne tenaient pas l'accord. Le vent d'ouest sifflait dans les poiriers du jardin.

— C'est un travail de forçat, dit Daniel.

— En somme, vous croyez qu'Irène détient un secret, dit Colligant.

— Vous me dégoûtez. Si elle détient un secret, dit Daniel en singeant Colligant, c'est trois fois rien, je vous le jure, mais elle a une tête de mule.

— Vous ne vous entendez pas avec elle ?

— Elle m'aime beaucoup, dit Daniel. Aujourd'hui, je me demande ce que René Cervier est allé faire chez les Morin.

Ils se turent, car dame Aline entrait dans la salle. Elle vint s'asseoir en silence auprès d'une fenêtre. Elle ajusta ses lunettes et ouvrit un livre. Colligant reprit ses additions.

— Pourquoi René Cervier n'épouserait-il pas Irène Morin ? déclara soudain Daniel.

Il réussit à tirer un accord de sa guitare.

— Tu me fais sursauter avec ta guitare, dit Mme Cervier. N'as-tu donc rien de mieux à faire ?

— Votre intendant n'a pas jugé bon de me donner d'occupation pour le moment.

Il ébaucha un air sur la guitare.

— René Cervier amoureux d'Irène, voilà qui serait admirable, murmura Daniel.

— Vous nous agacez, dit aussi Colligant.

Mme Cervier faisait semblant de ne pas entendre les allusions de Daniel. Des pas résonnèrent dans le vestibule et Cervier ouvrit la porte.

— Toutes les histoires d'amour me paraissent méprisables, dit Daniel.

— Laisse cette guitare, dit dame Aline.

— Où as-tu trouvé cette guitare ? s'écria Cervier.

— Je n'ai jamais vu des gens aussi nerveux, observa Daniel.

Mais il continua à jouer en sourdine. La nuit de février venait doucement à travers la grande pluie qui fouettait les carreaux.

— Irène, c'est un drôle de corps, dit Daniel d'une voix presque basse.

Cervier, qui venait d'allumer l'électricité, prit un journal. Colligant paraissait très ennuyé.

— Vous êtes sensible à la mélancolie des campagnes, observa Daniel. Ne vous rebiffez pas, mais n'avez-vous jamais remarqué que les visages des gens sont transparents dans cette maison ? Le moindre secret leur pousse comme une verrue sur le nez.

Cervier secoua son journal.

— Vous n'êtes pas amoureux d'Irène, vous, monsieur Colligant ? demanda Daniel.

A mesure que l'obscurité tombait au-dehors, les choses de la salle devenaient plus nettes dans la lumière électrique : sur le buffet, les plats d'argent, les pelotes de laine de Mme Aline dans la couseuse, et l'immuable vase, avec une jacinthe au bout de la table. Comme Daniel allait de nouveau énoncer quelque opinion déplacée, René Cervier alluma le poste de radio (qu'on n'écoutait jamais) et déchaîna un orchestre. Quelques minutes plus tard, il se leva pour arrêter cette musique, et l'on attendit le repas dans le plus grand silence. De loin en loin, Daniel pinçait sa guitare. Colligant regardait la fenêtre sombre. Un rai de lumière demeurait au milieu du deuxième carreau : c'était l'horizon qui jetait cet éclat infiniment reculé.

Le dimanche suivant, malgré la pluie, il restait encore quelques plaques de neige dans l'étendue. On sentait une douceur qu'on croyait être celle du printemps. Irène et Morin arrivèrent comme d'habitude pour le déjeuner, avec une dizaine d'autres invités. A table Irène se trouva placée en face de René Cervier et juste à côté de Colligant. Daniel paraissait avoir tout à fait oublié ses rengaines au sujet des amours d'Irène et de son oncle.

Au milieu du repas, Colligant profita d'un moment où la conversation était très animée pour dire à la jeune fille :

— On raconte que René Cervier est amoureux de vous.

— Il n'y a rien de commun entre moi et M. Cervier, répondit Irène à mi-voix.

— Cela n'empêche pas qu'il soit amoureux de vous.

— Est-ce qu'on sait ? dit Irène.

Colligant éprouva soudain l'élan d'une passion violente, et il ajouta d'une voix étouffée :

— Que répondrez-vous si moi-même je me déclare amoureux ?

Irène fit son sourire et regarda Colligant sans répondre. On ne pouvait deviner ce que signifiait cette mimique. C'était comme un rêve. Colligant ajouta :

— Je voudrais vous voir seule et vous parler.

Elle tourna la tête, et parut regarder Cervier qui fut sensible à ce coup d'œil, quoiqu'il discutât vivement avec Mme Choivant.

— Ce soir, murmura Irène, devant la première grange.

Colligant fut abasourdi par cette acceptation précise. Toutefois, il se demandait à quel moment de la soirée, sous quel prétexte...

Il eut tout loisir de constater, pendant l'après-midi, que René Cervier ne quittait pas Irène des yeux. De temps en temps, Cervier s'entretenait avec la jeune fille, et elle répondait comme si on lui avait fait la leçon. Sans doute Morin tenait à voir réussir ce mariage inespéré.

Au cours de l'après-midi, Chabet organisa une séance de tir à la carabine dans la cour. Edwige, sa demoiselle, sensible au dédain de Cervier, était l'image de la vertu surprise. On fit aussi une course d'autos au ralenti, puis les jeunes gens revinrent danser dans le vestibule. Lorsque la nuit tomba, tout le monde était réuni au salon où un petit concert se donnait. Irène, en passant près de Colligant, lui dit d'aller l'attendre, comme il était convenu, devant la grange. Elle parla à voix haute, mais personne n'écoutait jamais ses paroles, et Cervier s'installait au piano. Colligant sortit.

Des nuées passaient sur un ciel assez pur. C'étaient les premières giboulées. Colligant longea les bâtiments et vint s'adosser à la porte de la grange. De nombreuses étoiles paraissaient et l'on entendait le long de la côte les ruisselets formés par la fonte de la neige et qui coulaient interminablement. Irène vint au bout d'une demi-heure.

— Vous avez pu vous échapper, dit Colligant.

Il lui prit la main, et ils restèrent silencieux. Il l'embrassa, mais elle se dégagea. Elle le regardait avec un intérêt passionné :

— Je ne peux rien vous promettre, déclara-t-elle.

— Dites-moi tout de même, je vous en prie, murmura Colligant, si j'ai le droit de former certains vœux.

Irène avait un visage très doux.

— Espérez, dit-elle.

Il l'embrassa, mais elle lui échappa soudain et rentra dans la maison.

Il la suivit. Ils franchirent presque ensemble le seuil du salon. Personne ne pouvait soupçonner que la jeune fille se conduisait avec une telle audace. Cervier et Daniel discutaient auprès du piano. Néanmoins Cervier s'avança aussitôt vers Irène et l'entraîna dans un angle. Il lui parla d'un voyage en Suisse qu'il avait fait et qu'ils pourraient reprendre ensemble. Elle faisait signe que non. Colligant devinait le sujet de leur entretien et il se demandait comment cette affaire devait finir.

Deux jours plus tard, il profita d'un moment de liberté pour filer en auto jusqu'à Charny. Morin était dans les champs, et Irène se trouvait à la cuisine. Elle lisait toujours les mêmes magazines, comme si c'était la seule occupation qu'elle imaginât. Jeanne vint ouvrir la porte, et elle regarda Colligant d'un air sympathique.

— Je suis venu... balbutia Colligant.

— Asseyez-vous, dit Irène sans manifester la moindre surprise.

Aussitôt assis, Colligant oublia ce qu'il devait dire.

— Comment allez-vous ? reprit Irène comme si elle suivait à la lettre un précis de conversation.

Colligant la regarda et se sentit furieux :

— Quelle comédie ?

— Je ne comprends pas, dit-elle.

— Mais enfin, vous me voyez ici, et vous ne paraissez éprouver aucun étonnement, ni aucun plaisir. Vraiment, est-ce que vous voulez épouser Cervier ?

— Je ne sais pas m'exprimer avec vous autres, dit-elle. M. Cervier veut que je l'épouse, et, vous, monsieur Colligant, vous m'avez embrassée sans raison, parce que je me suis trouvée sur votre chemin.

Elle se tut.

— Nous autres ? De qui donc parlez-vous ? demanda Colligant.

Elle réfléchit :

— J'ai dit à M. Cervier que j'étais insignifiante et

que je ne lui convenais nullement. Je pense que je dois vous répéter la même chose.

Elle fit un sourire. Elle tenait ses mains allongées sur ses genoux, — de belles mains.

— Vous m'avez dit d'espérer.

— Bien sûr, il faut espérer, dit-elle, mais vraiment vous ne devriez pas faire attention à moi. Ma mère... et je suis trop étourdie pour songer encore à me marier.

— Moi-même, dit Colligant, j'appartiens à une famille qui a éprouvé des difficultés. Il me semble que je serais heureux avec vous.

Irène se remit à feuilleter ses magazines. Elle s'était un peu penchée vers Colligant, et il l'embrassa. Mais cela ne changeait rien, sinon qu'il éprouvait une ardeur très vive auprès de ce corps frêle et nerveux. Il regarda les yeux de la jeune fille. Ces yeux étaient clairs et obstinés, comme ceux d'un enfant qui attend la fin d'une conversation sérieuse, avec la certitude qu'il pourra bientôt agir selon son instinct.

— Certainement, dit-il, ces anciennes histoires de votre famille, cela ne vaut rien, et chez René Cervier il y a aussi des complications, mais si nous vivions ensemble tout serait mieux pour vous.

Elle s'accouda sur ses journaux, et regarda Colligant avec franchise :

— Je ne sais pas encore ce que je dois faire.

Sur ces entrefaites, Morin ouvrit la porte. Il resta un instant sur le seuil, puis s'avança pour souhaiter la bienvenue à Colligant.

— Je suis heureux de vous voir, dit-il. Sans doute, vous êtes allé à Mâcon.

— Je ne suis pas allé à Mâcon, dit Colligant.

— Jeanne ! cria Morin. Va nous chercher une bouteille !

Tandis que Jeanne s'empressait, Morin supputa les difficultés qu'il y aurait à semer les blés, si la pluie continuait de cette façon.

— Après la neige, tout est inondé. On croirait qu'il y a de la vase dans les champs. Nos terrains sont plus mous que les vôtres, monsieur Colligant.

Morin parlait avec gravité, et ses yeux fixaient Colligant avec une sorte d'angoisse paisible. « Il faut en sortir », songea Colligant :

— Ecoutez-moi, monsieur Morin. Je suis venu parce que je tenais à voir Irène. J'ai appris que René Cervier désire l'épouser, mais que rien n'était encore décidé.

— Alors, vous... ? commença Morin.

— Je n'appartiens pas à une famille riche, mais je sais travailler, et je suis jeune. Il n'y a pas de raisons pour que j'hésite à vous demander si je peux faire quelque projet.

Irène avait débouché la bouteille et versé le vin blanc. Elle alla ensuite chercher des cigarettes dans le placard. Elle en offrit à Colligant et à son père, puis elle alluma leurs cigarettes. La pluie fouettait les carreaux.

— Cette pluie, dit Morin. Oui, ce serait peut-être un heureux projet pour Irène, car la situation de René Cervier est trop différente de la nôtre. Je n'arrive pas à croire qu'il tienne à épouser Irène. Mais, vous-même... Tout cela est bien hâtif.

— Je ferais l'impossible pour épouser Irène, dit Colligant.

L'heure s'avançait, et il songea qu'on ne peut régler une telle affaire en quelques instants :

— Il faudra que je revienne, dit-il, et que nous parlions plus longuement.

— Savoir surtout, conclut Morin, si René Cervier a vraiment l'intention d'épouser Irène. Que pourrions-nous faire pour nous opposer ?

— Il semble, tout de même... protesta Colligant comme il repoussait sa chaise. D'ailleurs Chabet n'a pas dit son dernier mot, et il y a certains projets de mariage entre sa fille et René Cervier.

— Attendons, dit Morin, et avec le temps tout s'arrange.

Peut-être avait-il raison en effet. Colligant prit congé et, comme il s'installait dans la voiture, il se sentait le cœur déchiré de n'avoir pu embrasser Irène avant de partir. Comment cet amour s'était-il emparé de lui si rapidement ? Pourquoi se hâter stupidement de faire une demande en mariage ? Mais Cervier lui-même avait dû être bouleversé par cette jeune fille pour avoir tenté une démarche, au mépris de toutes les convenances. Quelque chance inespérée, qui apparaît soudain, détermine nos actes on ne sait comment, et il faut peu de chose pour avoir une vraie joie dans le cœur et en même temps une histoire sur les bras.

Lorsque Colligant rentra à la ferme, les Cervier

venaient de se mettre à table. Il lui sembla que son arrivée interrompait une sourde discussion.

— Je suis allé faire un tour jusqu'à Mâcon, dit Colligant.

— J'espère que vous n'avez pas manqué de souhaiter le bonjour aux Morin en passant de ce côté, dit Daniel.

René Cervier garda le silence et Mme Aline lui toucha le bras comme si elle voulait empêcher qu'il eût une réaction trop vive.

« Tant pis, songea Colligant, et, après tout, je serai bien content de quitter cette maison. »

Mais René Cervier se mit à parler des pêches qu'il avait faites précisément aux environs de Mâcon, dans la Saône. On entendait l'eau qui tombait d'une gouttière sur un morceau de zinc.

VII

Chabet vint le lendemain à la maison et demanda un entretien à Mme Aline. Colligant vit sa grande voiture étincelante virer dans la cour. L'homme en descendit avec un air solennel. C'était le soir.

Les fenêtres du salon s'allumèrent. Colligant vit Chabet qui marchait pesamment de long en large, tandis que Mme Cervier se tenait assise toute raide dans une bergère.

« Pourquoi ne jamais fermer les rideaux ? se demandait Colligant. Ces gens aiment les histoires, sans aucun doute. »

Colligant avait fini sa journée, et il accomplissait le rite primordial qui mène au repos du soir et qui prescrit de regarder avec une patiente allégresse les choses et le ciel. Alors le travail des champs s'oublie, et l'on voit les étoiles se mêler aux objets familiers. Quel temps fera-t-il demain ? Des gens, devenus inutiles comme des acteurs surgissent : ce sont les servantes qui portent les seaux de lait, ou bien voici dans le salon dame Aline préoccupée de prendre des attitudes nobles, tandis que Chabet joue une pantomime. Alors un étranger pourrait bien franchir le portail et venir plaquer son visage aux carreaux du salon.

— Vous rêvez encore, dit une voix.

Daniel s'était approché de Colligant en longeant le mur.

— Il est vrai, poursuivit-il, qu'une jeune fille vous a déchiré le cœur.

— Que signifie cette plaisanterie ? demanda Colligant.

— Champlevant est un lieu propice à toutes sortes de plaisanteries, dit Daniel. Croyez-vous avoir été le seul qui ait remarqué ce visage dans la fenêtre, un certain dimanche ?

— Qui était-ce donc ? demanda Colligant.

— Sans doute un vagabond, un parent de quelque domestique, ou bien mon père, ou bien un mort, — comment peut-on le savoir ? Je parie simplement qu'Irène le sait.

Il soufflait un vent simple qui soulevait les odeurs du fumier et de la terre. Les vaches remuaient leurs chaînes dans l'écurie voisine.

— Et vous avez des rendez-vous avec Irène, conclut Daniel. Tout le monde est au courant.

— René Cervier... commença Colligant.

— René Cervier nous mène tous par le bout du nez. Voulez-vous que je vous conte ce qui se passe au salon à cette heure ?

A travers les grandes fenêtres on voyait Chabet passer et repasser.

— Regardez-moi bien, dit Daniel.

Dans la nuit qui tombait Colligant distinguait à peine le visage de Daniel, mais il en devinait merveilleusement l'expression. Daniel s'était mis à singer Chabet :

— N'est-ce pas insensé, madame Cervier, qu'un homme comme votre fils, oubliant la vertu qui règle les rapports entre familles honorables, dédaignant les fermes allusions à son mariage avec ma fille Edwige, se porte inconsidérément à des liaisons baroques ? Cette Irène Morin...

Daniel s'interrompit :

— Ici vous placez une sorte de silence auguste, et vous écoutez la réponse de ma grand-mère. Cela devient beaucoup plus sec : « Monsieur Chabet, je suis extrêmement choquée. Vos suppositions sont extravagantes. Si mon fils vous entendait... »

Daniel s'adossa au mur et conclut d'un ton paisible :

— Maintenant Chabet, qui est dans la merde jusqu'au cou, s'emploie à sous-entendre l'immensité de la dot qu'il destine à sa fille. Soyez sûr que René Cervier n'y perdra rien.

— Je crois tout de même savoir que René Cervier...

— Que René Cervier désire épouser Mlle Morin ? C'est une comédie.

La nuit tombait. Les étoiles brillaient entre de doux nuages. En cette première semaine de mars, déjà les premières fleurs devaient parsemer les champs dans l'ombre. Colligant se disait que Daniel devinait trop de choses.

— Mon oncle est simplement un homme qui brouille les cartes, continuait Daniel. Il me laisse croire tantôt que mon père est mort, tantôt qu'il est vivant. Pour l'histoire d'Irène c'est tout pareil, et personne ne peut savoir à quoi s'en tenir, ni vous, ni Chabet. Alors Cervier décidera comme il voudra. C'est ainsi.

Morin lui-même avait avoué à Colligant que tout dépendait de Cervier. Si celui-ci avait fait une déclaration à Irène, on pouvait y voir aussi bien un sincère mouvement de passion. Daniel admettait cette hypothèse. Mais Cervier était assez audacieux pour utiliser même ses passions et ses sottises.

— Croyez-vous qu'il sache où est votre père ? demanda Colligant pour couper court à cette conversation.

— Je ne sais pas, dit Daniel.

— Enfin, vous êtes toujours libre de vous en aller, et de vous débrouiller comme cela vous plaît, si les façons de votre oncle vous déplaisent.

Daniel alluma une cigarette et Colligant s'aperçut que son visage était tout bouleversé.

— Je n'ai pas de liberté, dit-il. Cela m'est impossible de quitter René Cervier avant de lui faire avouer tout ce qu'il sait sur mon père. D'ailleurs, j'aime cette vie que j'ai ici.

— Ne vous tourmentez donc pas, conclut Colligant.

— Je ne me tourmente nullement, dit Daniel,

mais je ne voudrais jamais oublier mon père et peu à peu je l'oublie, parce que René Cervier exige que je l'oublie. Voilà pourquoi j'ai mis le feu à cette meule, et pourquoi j'ai tiré comme un idiot. Je pensais exaspérer mon oncle, mais il est inébranlable et il a toujours raison.

Colligant laissa passer un long moment de silence.

— Sans doute vaut-il mieux que vous ne pensiez pas trop à votre père. Rien ne vous empêche pourtant de prendre des informations à son sujet.

— Je n'ai aucun moyen, dit Daniel. Je soupçonne qu'Irène Morin possède quelques renseignements sur lui, mais elle joue un jeu que tout le monde ignore. Qui peut savoir ce qu'il y a dans cette cervelle d'oiseau ?

Les nuées découvraient de vastes étendues étoilées. Daniel offrit une cigarette à Colligant, et ils fumèrent ensemble.

— C'est une belle nuit, dit enfin Daniel. Il ne pleuvra pas demain. Si vous avez un moment, nous irons faire une promenade à cheval.

Daniel oubliait ses soucis quand il s'agissait de chevaucher. Colligant admirait cette ardeur dégagée de toute arrière-pensée. Il promit d'accompagner Daniel le lendemain.

Par ailleurs tout se passa comme Daniel l'avait prédit. Quelques jours plus tard, Cervier annonça officiellement ses fiançailles avec Edwige Chabet. Le dimanche il pria même Colligant de tenir compagnie aux Morin. Irène se montra insensible comme d'habitude, satisfaite de suivre le cours des événements, sans y participer le moins du monde. Colligant craignait maintenant de s'être engagé à la légère, mais la seule présence d'Irène le rendait incapable de réfléchir.

— Eh bien, lui dit Morin (qui était placé à table entre Colligant et Sièvre), vous voyez que tout s'arrange plus vite qu'on n'aurait pensé.

Le père Chabet, à droite de Mme Aline, où se tenait le plus souvent le vicomte de Facailleux ou quelque autre vieil ami de la famille, s'efforçait de modérer l'expression triomphale de son regard. Ses yeux devenaient doux comme des fleurs. Sa fille Edwige rougissait chaque fois que Cervier la regardait ou lui parlait. C'est le signe d'une éducation fabuleuse que de rougir à point nommé.

— Je suis tout à fait surpris, avoua Colligant. Je ne pensais pas que René Cervier changerait d'idée si brusquement.

— Ne vous croyez pas encore engagé avec nous, reprit Morin. J'aimerais bien que vous laissiez passer le printemps et l'été avant de vous décider, mais je serais heureux qu'Irène devienne votre femme.

— René Cervier... murmura Colligant.

— C'est un homme qui a le sang vif, répondit Morin. Je pense qu'il aura éprouvé quelque dépit des coquetteries d'Edwige, et qu'il a voulu faire un coup de tête. Vous savez, toutes ces affaires de brouilleries et de mariages ça en revient toujours au même.

— Irène... dit Colligant.

Morin assura Colligant qu'Irène n'aimait pas Cervier et qu'elle s'estimait heureuse d'en être délivrée.

— C'était un parti difficile à refuser, expliqua Morin, et certainement elle vous préfère à René Cervier.

Colligant regarda Irène qui se trouvait en face de lui. Elle ne se doutait pas que Colligant la regardait. De temps en temps, elle faisait tinter un de ses verres avec son couteau, mais d'une façon imperceptible. Elle seule pouvait entendre ce son infime. Colligant, comme par maladresse, heurta son propre verre, qui carillonna soudain. Irène leva vivement les yeux vers lui.

— Je vous faisais signe de me regarder, expliqua Colligant sans conviction.

Irène avait déjà repris sa placidité :

— Eh bien, je vous regarde, dit-elle.

Tout ce dimanche-là, Colligant ne réussit pas à se trouver seul avec Irène. Il semblait que René Cervier, dame Aline, et la vigneronne se fussent concertés pour favoriser leurs entretiens en public aussi bien que pour empêcher quelque intime rendez-vous. Un peu avant le repas du soir, Colligant sortit et il fuma une cigarette au milieu de la cour. Il n'avait cessé de pleuvoir toute la journée et les ampoules électriques, devant l'écurie, étaient entourées maintenant d'un halo de brouillard. Cinq minutes plus tard, René Cervier le rejoignait.

— C'est vous, Colligant ? demanda Cervier.

— Je suis venu prendre l'air. Vous cherchiez quelqu'un ?

Cervier dit :

— Je cherchais quelqu'un que vous ne connaissez pas, et que, peut-être, je ne connais pas moi-même.

— Je ne vous comprends guère, dit Colligant.

— Venez avec moi sur le chemin, dit Cervier.

Ils sortirent par le portail. La nuit n'était pas très sombre parce que le clair de lune illuminait le brouillard. Ils marchèrent en silence sur les bas-côtés du chemin pour éviter la boue. On voyait encore très loin, vers la vallée de la Saône, la bordure pâle du crépuscule. Colligant s'apprêtait à parler, lorsque Cervier lui toucha le bras. A cent mètres de là, dans un pré, l'ombre d'un homme se dessinait, et on la voyait se déplacer rapidement. Sans doute l'homme courait, mais le gazon amortissait le bruit de ses pas. Cervier étreignit le bras de Colligant.

— Allons voir à quoi ressemble cet individu, dit Colligant.

— Inutile, assura Cervier. Il va se perdre dans les roseaux du fossé de drainage et, de là, il peut filer n'importe où vers les taillis.

— Il faudrait une lampe électrique, dit Colligant, et on le trouverait facilement.

Mais l'ombre s'était déjà effacée dans la brume. La nuit s'obscurcissait soudain. Cervier conduisit Colligant à l'extrémité d'une pâture, et ils longèrent le fossé de drainage. Ils prêtèrent l'oreille.

— Bien sûr, dit Colligant, peu de gens ont des raisons pour se promener dans les prés par une nuit de mars.

Cervier se taisait. On entendait dans le lointain le tintement de la gare de Pondeuvre. Un oiseau flotta en haut d'un bouquet de peupliers. On ne voyait pas l'oiseau, mais on percevait le froissement et peut-être le silence des ailes.

— Une buse qui a été dérangée de son repaire, dit Cervier, à moins qu'il ne s'agisse d'un couple de ramiers.

— Enfin, m'expliquerez-vous ? dit Colligant.

— Comme si vous ignoriez, répliqua Cervier, que certains personnages viennent rôder autour de la ferme. Tout le monde sait cela, mais on ne peut jamais les surprendre. La plupart des domestiques ont peur, car c'est un pays de sorciers. (Cervier s'était mis à parler très vite.) Quelqu'un se débrouille certainement pour avertir les rôdeurs. Mes chiens sont chaque fois dépistés, et jamais ils ne donnent de la voix.

— C'est assez curieux, reconnut Colligant. Vos rôdeurs doivent passer par le jardin. En tout cas, ils ne semblent pas bien inquiétants.

Les deux hommes revinrent le long du chemin. Cervier buta sur une vieille casserole qu'on avait jetée, et le bruit retentit dans le brouillard avec une force incroyable.

— Tout cela n'a peut-être aucune importance en effet, dit Cervier, mais vous n'imaginez pas que les gens qui viennent chez moi passent leur temps à écouter et à regarder à travers les carreaux. Voilà deux hivers que dure cette comédie.

— Personne n'a donc jamais aperçu le visage de ces hommes ? demanda Colligant.

— Mme Aline et moi nous ne les avons jamais vus.

Comme ils tournaient l'angle des bâtiments, ils s'arrêtèrent. Les gouttières ne cessaient de faire tinter leurs eaux dans la rigole.

— Quel sale temps, dit Cervier.

— Une fois, j'ai vu un visage dans un carreau du salon, déclara Colligant.

Il s'appliqua à le décrire.

— Oui, ce pourrait être mon frère, le père de Daniel, avoua Cervier. Pourquoi n'ose-t-il entrer à la maison ?

Pourquoi ? Mais René Cervier l'avait-il jamais souhaité, et ne préférait-il pas que Daniel ignorât la déchéance de son père ?

Cervier offrit une cigarette à Colligant, puis il enflamma une allumette.

— Il n'y a pas, dans la contrée, beaucoup de maisons qui semblent plus tranquilles que Champlevant, murmura-t-il avec gravité. Rentrons, s'il vous plaît.

Le lendemain soir Mme Aline dit à Colligant :

— Mon fils, René Cervier, est un homme très méticuleux.

Cervier surprit ces paroles et se mit à rire :

— Terriblement méticuleux, en effet, reconnut-il.

Mais il ajouta, non sans mélancolie :

— Sauf les jours où je vais faire des promenades à cheval dans la neige.

Colligant le regardait avec attention, et à ce moment il comprit que Cervier n'avait pas renoncé à son amour pour Irène Morin.

VIII

Après chaque pluie printanière une pureté inconnue se levait au fond des horizons. Colligant, lorsqu'il faisait quelque course dans les champs, cherchait souvent vers l'est le profil des monts du Jura. Mais la distance était trop grande et les premiers plissements ne s'élevaient qu'à une faible hauteur au-dessus du bas pays.

— N'avez-vous pas des parents dans le Jura ? demanda un jour René Cervier à Irène.

— Une vieille cousine. Parfois je vais faire un tour en auto de ce côté, répondait Irène.

La jeune fille venait deux fois dans la semaine déjeuner à la ferme, car elle était considérée désormais comme la fiancée de Colligant, quoiqu'on n'eût pas encore célébré les fiançailles.

Colligant voulait l'emmener à Mâcon pour la présenter à son père, mais Irène lui fit observer que toute décision n'était pas prise et qu'il fallait encore attendre.

— Que veux-tu donc attendre ? demandait Colligant.

Elle le regardait d'un air suppliant :

— C'est pour que tout aille bien.

— Mais qu'y a-t-il donc ? s'écriait Colligant.

Elle faisait jouer son sourire. Colligant était surpris par cette expression toujours identique et qui maintenant lui semblait exceptionnelle.

— Tu es tourmentée par des ombres, disait-il.

— Vous ne pouvez comprendre, répondait Irène.

— Quelque chose te tourmente ? répétait Colligant.

— Je ne sais pas.

Mais au lieu de s'attrister, les yeux d'Irène s'égayaient. Colligant avait fini par croire que ces discussions n'avaient pas le moindre sens, et que la jeune fille éprouvait encore quelques scrupules au sujet de l'extrême vulgarité de son origine. Par ailleurs, Irène découvrait avec une candeur inexplicable tout ce qui intéressait Colligant. Elle rapporta un jour de Mâcon le livre qu'il désirait le plus :

— Comment as-tu deviné ?

Une autre fois, ce fut un ruban de ses cheveux qu'elle avait dénoués d'un geste brusque.

Lorsque Irène venait déjeuner, René Cervier se montrait aimable et attentif, comme si le mariage d'Irène et de Colligant devait équilibrer toutes choses. Daniel parlait très amicalement avec Irène. Quelquefois, celle-ci l'interrogeait du regard, et

Daniel semblait un peu dérouté, parfaitement ignorant des pensées que la jeune fille avait en tête.

Comme tout était calme soudain à Champlevant ! Par ailleurs, il semblait que Daniel eût oublié cette obstination à rechercher son père. En tout cas, jamais son oncle et lui-même ne s'étaient montrés si bons amis. Colligant finissait par se persuader que les Cervier étaient des gens imaginatifs, tout prêts à renoncer à leurs histoires dès qu'un événement leur apportait une légère distraction. Chacun n'est-il pas ainsi ? Et pour Colligant, l'événement remarquable c'était la simple présence d'Irène.

— Une jolie contrée que le Jura, disait Cervier. On y voit des prés magnifiques.

— Bien plus beaux que l'on ne peut croire, répliquait Irène.

Le bruit des fourchettes s'évadait par la fenêtre ouverte. Le jardin était chargé de roses. Au-delà, dans les champs vides, remuaient les premiers épis de blé.

— Pas un membre de la famille Cervier ne s'est donné la peine de visiter le Jura, disait Daniel.

— Nous l'avons traversé en auto, lorsque nous sommes allés à Genève, il y a deux ans, dit Mme Aline.

Le déploiement des champs qui s'encadraient dans la fenêtre était si vaste qu'on avait le sentiment d'une force silencieuse. Les roses du jardin semblaient inutiles et imbéciles, mais infiniment belles.

Vers le milieu de juin, Daniel et Colligant revenaient un jour vers la ferme en longeant la crête d'une de ces ondulations de la plaine. Ils avaient travaillé aux foins avec les ouvriers, et ils regagnaient seuls la maison par un raccourci, un peu plus tôt que d'habitude, parce qu'ils devaient aller à Pondeuvre au début de l'après-midi. Comme ils débouchaient d'un hallier, Daniel s'arrêta et fit signe à Colligant de regarder vers le bas du coteau. Sur le chemin qui longeait la pente et se perdait vers l'est et vers l'ouest, dans l'étendue des vallonnements, Irène se tenait immobile. Elle avait placé sa main en abat-jour sur le front, et elle regardait vers le lointain, dans la direction de la route. Colligant et Daniel la sentaient tout près d'eux, malgré la distance. Sans s'être concertés, ils reculèrent dans les buissons pour se dissimuler et observer les gestes de la jeune fille.

Sans doute Irène avait dû venir de bonne heure à Champlevant ce jour-là, et avant de déjeuner elle faisait une courte promenade. Mais pourquoi observait-elle la route avec une telle insistance ? Colligant et Daniel s'efforcèrent en vain de distinguer ce qui attirait son attention. De la hauteur où ils se trouvaient, les moindres détails de la plaine leur apparaissaient avec une extrême précision, et ils percevaient tous les mouvements des blés verts ou des luzernes. La route était déserte. Quelques alouettes picoraient le crottin, et des corbeaux sautaient mécaniquement dans les champs de betteraves encore à peu près dénudés.

— Il n'y a personne, murmura Daniel. Tous ces

oiseaux auraient fichu le camp s'il y avait quelqu'un.

— Et qui serait-ce donc ? dit Colligant avec violence.

— Regardez, dit Daniel.

Irène s'éloigna puis, comme si elle était saisie de quelque inquiétude, elle se retourna soudain. Elle se tint encore immobile pendant quelques secondes, la main devant les yeux. Elle semblait vraiment attendre quelqu'un.

— Pourtant il n'y a personne sur la route, répétait Daniel.

— Personne dans les champs, non plus. Personne ne travaille dans les champs de ce côté, disait Colligant.

Pas la moindre silhouette dans cet horizon très visible limité par la ligne des coteaux où le ciel étincelait. Irène reprit son chemin vers la ferme. Colligant et Daniel descendirent rapidement la pente entre deux champs d'avoine et quand ils arrivèrent à la route ils cheminèrent d'abord dans l'herbe des bas-côtés. A vingt pas de la jeune fille, Colligant marcha soudain sur le goudron, en faisant sonner ses souliers ferrés. Irène se retourna. Son visage était transfiguré par un étonnement inouï.

— C'est vous ! dit-elle en apercevant Daniel et Colligant.

— C'est toi ! reprit la jeune fille.

— Qui attendais-tu donc ? s'écria Colligant.

Impossible de rien savoir. Colligant et Irène s'en allèrent côte à côte, tandis que Daniel continuait à avancer sur l'herbe en donnant parfois quelque coup de pied dans les mottes de gazon.

— Tu as été étonnée de me voir tout de même, dit Colligant.

— Tu m'as surprise, avoua Irène.

Elle n'aimait pas mentir, il le savait. Puisqu'elle disait qu'il l'avait surprise, c'est qu'elle attendait quelqu'un d'autre, mais toute discussion était inutile.

A peine avaient-ils échangé ces quelques mots qu'ils aperçurent René Cervier. Celui-ci, appuyé au premier arbre de la file de poiriers qui longe la route, près de la ferme, semblait guetter Irène, car il ne regarda qu'elle et il s'avança sans prêter la moindre attention à Colligant.

— Qui donc êtes-vous allée guetter tout à l'heure sur la route ? lui demanda-t-il.

Irène regarda Colligant.

— Non, il n'est pas question de Colligant, dit Cervier.

— Je me promenais, dit Irène. Vous savez, je n'ai pas beaucoup d'idées en tête.

Evidemment, pourquoi des gens sensés prenaient-ils au sérieux les moindres démarches d'une jeune fille ?

— Tout de même, dit Cervier. Enfin auriez-vous peur de voir venir quelqu'un que vous connaissez, ou bien le souhaitez-vous ?

Irène le regarda droit dans les yeux. Elle devait apprécier la perspicacité de René Cervier.

— Ce sont des manies d'enfant, qui ne peuvent vous intéresser, dit-elle.

— Elles se rapportent à quelqu'un, dit Cervier.

Colligant intervint pour faire observer à Cervier qu'il se mêlait de ce qui ne le regardait pas et que tout cela n'avait d'ailleurs aucune importance.

— Aucune importance ? répéta Cervier.

Il parut refréner un geste de colère.

— Vous voyez bien qu'il n'y a personne, dit Irène.

La route vide se développait sur trois kilomètres jusqu'au coteau. De loin en loin voletaient quelques alouettes, et des corbeaux sautaient lourdement. Cervier haussa les épaules, et l'on rentra à la ferme pour le déjeuner.

Depuis ce jour, Cervier ne cessa de surveiller les moindres démarches d'Irène. De quoi se mêlait-il vraiment ? Sans aucun doute, malgré ses projets de mariage avec Edwige, il lui était difficile de maîtriser l'amour qu'il avait conçu pour Irène. A moins qu'il ne se fût mis à la haïr, et Colligant ne savait plus que penser.

Les blés ne devaient pas mûrir rapidement cette année-là. Des pluies fréquentes maintenaient une fraîcheur exceptionnelle, bien qu'on fût en juin. Mais, dès que le soleil se montrait, la chaleur et la lumière semblaient infiniment agréables. Mme Cervier surtout était très sensible à ces changements de la température. Elle profitait de la moindre éclaircie pour aller au jardin soigner ses fleurs.

— Monsieur Colligant, disait-elle, je n'ai jamais

tant aimé le jardin de notre maison. Vous verrez, plus les années passent, plus on s'attache à ces lieux.

— Je crois que vous n'avez plus de craintes maintenant au sujet de Daniel, disait Colligant.

— J'ai toujours des craintes à propos de tout, disait dame Aline, mais c'est une vieille habitude.

Elle balançait au bout de son bras le bouquet qu'elle venait de cueillir. Elle déclara qu'elle devait aller s'occuper d'un bébé nouveau-né. Les derniers chars de trèfle incarnat, dont on sauvait tant bien que mal la récolte, venaient d'entrer dans la cour (comme en ce premier soir où Colligant était arrivé à la ferme). Des hirondelles filèrent en criant. Ainsi passaient les jours.

Cet autre matin, Colligant, après avoir veillé à la remise en état des faucheuses-lieuses, sortit à pied pour aller examiner le fossé de drainage qui avait débordé pendant un orage. Sans doute était-il trop encombré par les roseaux et les plantes, et faudrait-il le creuser davantage afin d'assécher les prairies basses.

Lorsque Colligant parvint à l'angle du bosquet (osiers et ronces, et vieux charmes) qui marquait la limite du fossé, il aperçut René Cervier accroupi dans la boue derrière un buisson. Cervier devait épier quelque gibier. Colligant s'approcha :

— De quoi s'agit-il ? Un renard ?

— Taisez-vous, dit Cervier.

Un peu plus loin dans le champ, au-delà du bosquet, Colligant aperçut Irène qui bavardait avec les deux enfants de chez Merval (les deux gosses de l'Assistance). Irène, craignant sans doute d'arriver trop tôt à Champlevant, avait laissé son auto un peu plus loin sur la route, pour venir parler aux gamins.

— Qu'y a-t-il d'extraordinaire, murmura Colligant, et pourquoi ce fusil ?

— Je voulais tuer les deux buses qui s'attaquent à notre poulailler, vous le savez bien, et ces idiots sont venus me déranger. Taisez-vous, maintenant.

Cervier semblait écouter avec un intérêt passionné la conversation d'Irène avec Paul et Amédée.

— Où est l'homme boiteux ? demandait Paul.

— Je ne sais pas. Il ne reviendra peut-être jamais, répondit Irène.

— Alors, tu ne nous quitteras pas ? reprit Amédée.

— Qui sait ?

— Ou bien nous partirons ensemble, dit Paul.

Irène montrait aux gamins comment on peut confectionner une petite corbeille avec des brins d'osier. Elle paraissait absorbée par ce léger travail et les gamins la regardaient faire avec ravissement. De temps à autre, ils posaient des questions saugrenues. Colligant songea en effet que c'étaient des questions saugrenues. Quelque conte... Mais bientôt il comprit ce qui intriguait surtout René Cervier, car lui-même fut soudain bouleversé. C'était qu'Irène, en parlant aux gamins, montrait un visage animé qu'il ne connaissait pas. Ses sourires semblaient voler sur ses lèvres, et ses traits sans cesse changeaient d'expression avec une douceur familière qui sembla merveilleuse à Colligant.

— Jamais… murmura-t-il d'une voix très basse.

Cervier le regarda avec colère.

— Jamais je ne l'ai vue ainsi, s'obstinait Colligant.

Le jeune Paul se leva soudain :

— J'avais cru entendre quelqu'un parler sur la route, dit-il.

— La route est déserte, dit Irène.

La petite corbeille prenait peu à peu sa forme entre les doigts d'Irène. Les gamins se taisaient et il semblait que le silence du ciel fût tout à coup descendu sur ce pré boueux. Mais on entendit quelque remue-ménage du côté de la gare de Pondeuvre.

— Cet homme boiteux, il est très pauvre ? demanda Amédée.

— Il est pauvre, et tous ses amis aussi…

« Quelque conte… » songea Colligant.

— Mais il y a aussi un homme plus vieux et plus riche qui vient avec lui, reprit Paul.

— Il n'est pas beaucoup plus riche, dit Irène.

Irène leva la tête. Son visage changea encore d'expression.

— Tout cela ne vous regarde pas, dit-elle.

La corbeille était terminée. Irène la jeta en l'air. Les garçons s'élancèrent pour l'attraper et s'amusèrent avec la jeune fille à courir jusqu'au bout du pré. Ils dépassèrent le bosquet qui longe le fossé de drainage, et probablement s'éloignèrent du côté de la route.

Cervier se redressa lentement et mit son fusil à la

bretelle. Il paraissait ignorer la présence de Colligant qui le suivit machinalement. Colligant dit :

— Décidément, on aime les légendes dans votre pays.

Cervier lui jeta un regard méprisant :

— Alors vous croyez que ce boiteux et ses autres amis sont des personnages imaginaires ?

— Il me semble... dit Colligant.

Cervier semblait attristé :

— Cette bande de mendiants existe bel et bien. Ce qu'ils font exactement je ne peux pas le savoir, mais je mettrais ma main au feu qu'ils ont partie liée avec mon frère.

— Quelle partie donc ? disait Colligant.

— Vous ignorez tout ce que peuvent faire des aventuriers sympathiques. Ils ont dû fréquenter Irène et l'intéresser à leur sort. Ce sont eux qu'on voit rôder par ici les soirs d'hiver.

— Mais enfin, je ne vois pas comment ils pourraient lui proposer un sort plus enviable que le sien.

— Il ne s'agit pas d'un sort plus enviable, monsieur Colligant. Moi je pense que quelque vagabond a ébloui cette jeune fille. Dieu sait... Ce que j'ignore c'est dans quelles circonstances. Peut-être des parents d'Estelle Janicot, sa mère...

Colligant haussa les épaules :

— Je pense que vous vous montez la tête, monsieur Cervier, répliqua-t-il.

Cervier gardait un air mélancolique :

— J'ai vu autrefois la folie de mon frère, monsieur Colligant, et je n'ignore pas qu'il existe des gueux intraitables, capables d'entraîner avec eux des étourdis comme Daniel ou Irène.

Ils rentrèrent à la maison. Colligant se dit qu'il valait mieux ne pas répliquer. Cervier s'obstinait toujours avec rage dans ses idées.

Au déjeuner, Irène prit sa place avec un enjouement de commande, et déclencha ses sourires habituels. Cervier ne la regarda pas une seule fois. Colligant, ravi de sa présence, négligea d'interroger la jeune fille sur sa conversation avec les deux gosses de Merval.

Le surlendemain, Cervier se rendit chez les Morin, et trois jours plus tard, Morin lui-même venait annoncer qu'Irène était partie en voyage.

IX

— Oui, dit Morin, quelquefois il lui arrive de prendre la vieille auto pour aller dans la montagne, où elle reste quelques jours chez une cousine. Je suis fâché, monsieur Colligant, qu'elle ne vous ait pas prévenu.

— Vous lui avez toujours laissé trop de liberté, monsieur Morin, disait dame Aline.

— Une petite promenade, chantonnait Daniel.

Colligant regardait Cervier, mais celui-ci restait impassible.

— Irène devait venir déjeuner aujourd'hui, dit Colligant.

C'était un dimanche, mais en cette saison aucun invité ne se montrait à Champlevant. Seule Irène devait venir. Morin était arrivé vers onze heures, et on l'avait fait entrer tout de suite à la salle à manger. Daniel n'avait pas lâché sa guitare qu'il rafistolait une fois de plus. Il pinça sourdement les cordes.

— Je jetterai bientôt cette guitare au feu, dit Cervier.

— Je sais que vous êtes enclin à faire de mauvais coups, observa Daniel.

Cervier ne répondit pas.

— Je suppose que vous avez déjà fait un sale coup, et pas plus tard qu'hier, insista Daniel qui s'ingéniait à pousser à l'extrême l'humeur combative de son oncle.

Mais Cervier supportait avec nonchalance les fureurs de Daniel.

— Peut-être reviendra-t-elle aujourd'hui même, dit-il à Morin. Elle a dû faire simplement une course à Mâcon.

— Peut-être, dit Morin.

Daniel fit éclater un violent accord. Colligant cherchait aussi à lire dans les yeux de Daniel, mais Daniel écoutait avec une tendre attention les sons graves de la guitare. Les membres de cette sacrée famille ne paraissaient jamais tant à leur aise que lorsqu'il y avait un drame dans l'air.

— Daniel ! s'écria dame Aline.

— Je me demande, dit Daniel à son oncle, ce que vous êtes allé faire hier chez M. Morin ?

— Ce que bon me semble, dit Cervier.

— Je n'ai pas vu M. Cervier, observa Morin tout étonné.

— Vous n'êtes pas le seul habitant de Charny, lui dit Daniel.

Colligant s'avança vers Cervier :

— Je suppose que vous nous devez quelques explications. Vous avez vu Irène hier et elle est partie ce matin. Vous n'êtes pas sans savoir...

— Je ne sais absolument rien, dit Cervier. Peut-être va-t-elle revenir cette après-midi.

Il y eut un silence, et l'on entendit frissonner au vent les arbres du jardin.

— Je suis allé hier à Charny, ajouta Cervier, mais Irène ne m'a pas fait part de ses projets.

Colligant résolut de se taire, et Morin, au moment où l'on se mettait à table, raconta une fois encore comment Irène avait sorti la vieille voiture vers huit heures, ce matin-là.

— Tu prends la vieille voiture pour aller à Champlevant ? lui dit Morin.

Irène répondit qu'elle n'irait pas à Champlevant.

— Où donc ? s'étonna Morin.

Elle déclara qu'elle avait décidé de rendre visite à sa vieille parente, et les remontrances de Morin furent absolument inutiles.

— Mais c'est insensé de partir ainsi sans prévenir personne, s'écriait Morin.

Elle avait appuyé sur l'accélérateur et Morin dut s'écarter vivement de la voiture. Colligant songeait à cette conversation que lui et Cervier avaient entendue quelques jours auparavant, dans le bosquet près du fossé de drainage.

— Il faut attendre, dit Cervier. Soyez tranquille, Morin, s'il s'agit d'un coup de tête, je ferai l'impossible pour retrouver Irène.

— Je suis habitué à ses lubies, dit paisiblement Morin.

— Irène est peut-être plus difficile à convaincre que moi-même, dit Daniel.

— Quel rapport ? dit Cervier. Cette affaire ne te regarde pas.

Colligant s'obstinait dans son silence, et il s'aperçut que Cervier, un peu inquiet, l'observait à la dérobée.

— Regardez mes fleurs, dit dame Aline.

Dans la corne d'abondance de cristal il y avait quelques roses pourpres. Le repas se poursuivit sans qu'on fît désormais la moindre allusion au départ d'Irène. Colligant ressentait une peine assez vive. Il lui semblait qu'il ne reverrait jamais la jeune fille.

Le soir même, un incident parut fournir quelques explications sur la conduite d'Irène. Si l'on avait voulu conclure, l'histoire était très simple. Mais personne n'y songea.

Morin resta toute la journée à Champlevant, et même il y dîna, dans l'espoir qu'Irène passerait d'abord chez Cervier avant de rentrer à Charny, si toutefois elle avait l'intention de rentrer ce soir-là. La nuit tomba avant que Morin prît la décision de partir. Après le dîner on s'était réuni dans le salon. Daniel gardait le silence ainsi que Colligant, et dame Aline avait beaucoup de mal à entretenir la conversation entre son fils et Morin. Il était évident que chacun à la dérobée observait les carreaux des fenêtres. Il n'y avait pas de lune, mais les étoiles brillaient vivement. Daniel s'était assis auprès de la porte qui donne sur le vestibule et il faisait mine d'examiner les gravures d'un vieux livre. Colligant fumait cigarette sur cigarette. A un moment donné (il semblait que ce fût une nécessité), on aperçut une ombre dans les carreaux d'une fenêtre. Cervier, qui parlait à Morin de l'élevage des chevaux, s'interrompit brusquement puis, haussant les épaules, il reprit son discours. Morin semblait indifférent. Dame Aline s'efforçait d'attirer à elle l'attention de Colligant.

L'ombre d'abord se précisa si bien qu'on fut sur le point de distinguer les traits du visage, mais soudain elle s'effaça tout à fait. Alors Daniel ouvrit la porte et traversa en hâte le vestibule pour gagner la cour. Colligant hésita à le suivre, et l'on entendit bientôt le moteur d'une voiture. Daniel s'était élancé dans l'auto que Morin avait laissée dans la cour, et quelques secondes plus tard il franchit le portail.

— Décidément... murmura Cervier.

— Qu'est-ce qui lui a passé par la tête ? dit dame Aline du ton le plus naturel.

— C'est un farceur, dit Cervier. Ne vous inquiétez pas, Morin, je vous reconduirai dans un instant. Daniel devait avoir un rendez-vous à Pondeuvre, et il s'en est avisé soudain. Ce sont bien là ses manières.

Colligant regarda Cervier, mais Cervier détourna les yeux. Il se décida à aller voir sur la route la direction que Daniel avait prise. Au moment où il sortait du porche, Daniel rebroussait déjà chemin, mais au lieu de rentrer la voiture à la ferme, il fonça dans la direction opposée à celle qu'il avait d'abord suivie. Sans aucun doute, il avait l'idée qu'une auto attendait, dans les parages, le rôdeur qu'on venait d'apercevoir aux fenêtres, et il cherchait à la rejoindre. La route, les champs et les chemins adjacents étaient en somme faciles à explorer. Colligant, lorsqu'il rentra, exposa le résultat de ses réflexions.

— Vous-même, dit Colligant à Cervier, ces rôdeurs vous intriguent, et il n'y a rien d'étonnant à ce que Daniel en prenne aussi quelque souci.

Cervier réfléchit pendant un moment :

— Bien sûr, nous avons affaire à des gens bizarres, et à dire vrai, je crois bien qu'ils ont des relations avec mon frère. Mais nous avons tort de nous occuper d'eux. A moins qu'il ne s'agisse de quelqu'un qui cherche à voir Irène et à lui parler, croyant qu'elle est à Champlevant, comme d'habitude.

— Pourquoi cet amoureux (si c'est cela que vous voulez dire), répliqua Colligant avec dureté, ne se rendrait-il pas tout simplement à Charny ?

— Vous avez raison, en effet, conclut Cervier.

La franchise de ses paroles ne paraissait pas douteuse. Lorsque Cervier dissimulait sa pensée, c'est qu'il jugeait ne pouvoir faire autrement. Morin eut un bon rire :

— Je vais attendre que Daniel ait fini de courir après les fantômes. Si vous me montriez vos belles revues sur l'élevage des chevaux, monsieur Cervier. Cela me serait agréable. Je parie qu'Irène est déjà rentrée à Charny.

Mais, bien mieux que quiconque, Morin comprenait qu'Irène avait eu de sérieuses raisons pour partir et qu'elle ne reviendrait pas de sitôt. Colligant, oubliant sa mauvaise humeur, bavarda avec Morin et avec Cervier en feuilletant les revues.

Daniel rappliqua vers onze heures. On entendit de très loin la voiture. Daniel la fit passer lentement sous le porche et la rangea, sans se hâter, le long de la maison. Quand il entra, Cervier et dame Aline détournèrent les regards. Daniel s'adressa d'abord à Morin :

— Je viens de voir Irène, dit-il.

— Tu es allé à Charny ! s'écria Morin.

— Je ne suis pas allé chez vous, mais au contraire assez loin dans la direction de Dole.

Cervier écoutait avidement les paroles de Daniel. La voix de Daniel était calme.

— Tu vas nous conter cela, dit Morin.

Daniel se tourna vers sa grand-mère qui semblait inquiète.

— Quelque histoire de brigands, dit Cervier avec bienveillance.

Daniel haussa les épaules :

— Tout simplement j'ai fait cinq cents mètres sur la route, de ce côté, et comme je ne voyais personne je suis revenu sur Pondeuvre.

En forçant l'allure il avait réussi à rejoindre une voiture un peu plus loin que la gare de Pondeuvre. Cette voiture s'était engagée aussitôt sur un chemin vicinal à travers la campagne pour retrouver bientôt la nationale qui conduit à Dole.

— Je n'ai jamais vu conduire une auto de cette

façon dans les tournants, et je n'arrivais pas à la rattraper. Sur la nationale je croyais que ce serait plus facile, mais, monsieur Morin, cette vieille bagnole filait comme une enragée et celle que j'avais ne vaut rien, pardonnez-moi.

— Alors ? dit Cervier.

— Alors je suis parvenu à la dépasser seulement dans les rues de Dole, grâce à un camion qui l'a forcée à ralentir. Je me suis mis en travers de la rue et j'ai trouvé Irène dans votre vieille Citroën, monsieur Morin. Je lui ai dit pourquoi je l'avais suivie.

Irène n'avait cherché aucun détour. Elle déclara qu'elle avait conduit quelqu'un à la ferme de Champlevant, et qu'elle l'avait repris pour le laisser non loin de la gare de Pondeuvre.

— Si j'avais eu l'idée de pousser jusqu'à la gare, dit Daniel, je n'aurais pu manquer de le voir.

— Mais qui est-ce que tu aurais vu ?

— Mon père. J'aurais vu mon père. Irène ne me l'a pas caché.

Cervier eut un geste de surprise :

— Qu'est-ce que cela signifie ? Irène a dû te conter des histoires.

Morin regarda Cervier. Celui-ci parut regretter ses paroles :

— Je veux dire, reprit-il, qu'elle fréquente à votre insu des gens qui l'ont véritablement abusée, et qu'elle est forcée d'inventer des histoires. Pardonnez-moi, Morin, mais je voudrais la tirer des mains de ces gens qui sans doute ont quelque intérêt à nous faire croire que mon frère est vivant.

Morin se leva :

— Je ne vois pas bien ce que vous voulez dire, monsieur Cervier, mais sans doute vous êtes mieux renseigné que moi.

Daniel, d'abord très étonné de l'intervention de René Cervier, se ressaisit soudain :

— Je vais vous expliquer comment les choses se sont passées.

Daniel, en abordant Irène, lui avait déclaré qu'il ne la quitterait pas avant de savoir ce qu'elle faisait tout à l'heure du côté de Champlevant.

— Cela ne vous intéresse pas, lui répondit Irène.

— Vous vous rendez parfaitement compte, insista Daniel, que votre conduite n'est pas normale. Je suis sûr que vous êtes en relation avec mon père d'une manière ou d'une autre, et je me demande si ce n'est pas lui que vous avez conduit tout à l'heure à Champlevant. Bien sûr, cela peut paraître insensé ce que je dis.

Daniel avait tout le charme perfide des enfants gâtés et malheureux. Irène fut saisie d'un sentiment de pitié. Elle lui avoua que c'était bien Pierre Cervier qu'elle avait conduit à Champlevant.

— Je l'ai déposé tout à l'heure à la gare de Pondeuvre où j'avais eu un rendez-vous avec lui deux heures plus tôt. Mais je ne sais d'où il venait, ni pour quelle destination il est reparti.

Daniel pressa la jeune fille de questions. Comment avait-elle connu Pierre Cervier ? Pour quelle raison était-il venu à Champlevant sans se faire connaître ? Mais surtout quelle sorte d'homme était-ce ? Paraissait-il en bonne santé ?

Irène ne désirait pas expliquer dans quelles circonstances elle était entrée en relations avec Pierre Cervier ni pourquoi il allait rôder autour de Champlevant, quoique ce fût la chose la plus simple du monde.

— Nous avons des amis communs, dit-elle.

La jeune fille se montra vraiment incapable de donner des renseignements précis. Elle assura que Pierre Cervier était un voyageur inlassable, presque un vagabond. Elle n'avait jamais été en relations directes avec lui et, ce soir-là, elle l'avait retrouvé, par hasard, dans une maison où elle-même avait un rendez-vous. Irène promit enfin à Daniel de lui écrire à ce sujet dès qu'elle le pourrait, et elle le pria de la laisser poursuivre sa route.

Mensonges que tout cela ? Mais Irène avait le don d'exprimer avec une exactitude extrême tout ce qu'elle pensait. Daniel croyait ardemment les paroles d'Irène.

— Mon père ne désire-t-il pas me revoir ? avait-il répété.

— Sans doute il croit que vous êtes mieux à Champlevant que partout ailleurs, disait Irène.

— Mais, lui, que fait-il ?

— Je ne sais pas.

Tels furent les derniers mots d'Irène. En la quittant, Daniel demanda quand elle comptait revenir à Charny, mais elle ne répondit pas.

René Cervier s'était assis dans un fauteuil et il surveillait les moindres expressions du visage de Daniel. Celui-ci paraissait se moquer de tout, mais, quand il eut terminé son récit, il s'adressa à René Cervier :

— Je vous en prie, ne dites plus de paroles dures. Irène n'a sûrement pas inventé tout cela.

— Tu dois avoir raison, dit Cervier, mais pourquoi te tourmenter. Ton père sait bien que tu dois rester à Champlevant. Sans doute a-t-il une vie difficile, et il ne veut rien me demander, ou bien il est toujours pris par sa passion des voyages.

Malgré ses bravades, Daniel aimait Champlevant, la maison, les champs et ce bois où il lançait son cheval à fond de train.

« Daniel est encore un enfant », songeait Colligant.

Colligant déclara :

— Vraiment vous recherchez les complications à Champlevant, mais jamais je n'aurais pensé qu'Irène serait mêlée à vos histoires.

Morin fit un geste :

— Il faut réfléchir avant de parler, mon fils. Je suis sûr que je recevrai bientôt des nouvelles d'Irène.

Cervier se leva :

— C'est inconcevable. Votre fille quitte la maison un beau matin et vous la laissez filer. Soupçonnez-vous au moins où elle se trouve ?

— Qu'allez-vous chercher ? dit Morin. Il lui est déjà arrivé de passer quelques jours chez cette parente d'Estelle Janicot, dans le Jura, et bien sûr ce matin elle aurait pu me demander la permission de faire ce voyage, et prévenir M. Colligant. Etes-vous certain, Cervier, de ne pas savoir pourquoi elle est partie comme une folle ?

— Cette parente... mais il est bien inutile de discuter en effet, dit Cervier sans répondre à la question qu'on lui posait.

Morin ne semblait pas troublé par ces incidents. Les relations d'Irène avec le père de Daniel l'étonnèrent sans doute, mais les invités de Champlevant parlaient si souvent de Pierre Cervier qu'on s'attendait toujours à le voir revenir.

— Irène est fantasque, monsieur Colligant, dit Morin avant de prendre congé. Il faut lui pardonner.

Dès qu'il fut parti, Cervier monta dans sa chambre. Daniel et sa grand-mère demeurèrent un moment à deviser, lorsque Colligant les eut quittés à son tour. Dame Aline n'avait pas prononcé un mot pendant le récit de Daniel.

— Dieu sait quelle sorte d'homme est devenu ton père, dit dame Aline à Daniel. J'ai tant prié pour le revoir ! Mais dans quelle situation se trouve-t-il et comment l'aider ? Ton oncle saura ce qu'il convient de faire.

— Mon oncle... murmura Daniel avec désespoir.

Le lendemain Colligant surprit entre dame Aline et René Cervier, une scène jouée à mi-voix, et ce qu'il entendit le décida aussitôt à rompre avec René Cervier et à s'éloigner de Champlevant.

— Que comptes-tu faire pour retrouver Pierre et pour l'aider ? demandait dame Aline.

— N'est-ce pas de l'invention pure, cette histoire ? disait Cervier.

— Daniel ne saurait mentir, et Irène pourra bientôt te confirmer ses paroles.

— Irène ne reviendra pas, dit Cervier.

— Qu'en sais-tu ? Qu'y a-t-il entre toi et Irène ? Tu es allé à Charny avant-hier...

Colligant venait d'entrer, mais Cervier et dame Alice ne l'aperçurent pas et à ce moment Cervier déclarait :

— Je n'ai jamais aimé aucune autre fille avant d'aimer Irène Morin et je ne peux l'oublier à aucun moment. Hier, je suis allé la trouver. Je l'ai suppliée. Non, ce n'est pas Colligant qui l'intéresse, mais elle doit avoir noué des relations avec un voyou chez cette cousine d'Estelle Janicot. Et ces gens connaissent mon frère. Il faudrait, pour retrouver le fil, savoir quels sont les parents d'Amélie, son ancienne femme.

— Comment peux-tu aimer Irène si tu la soupçonnes d'avoir une conduite désordonnée ?

— Est-ce que je sais ?

Colligant s'efforçait de faire remarquer sa présence et, une fois ou deux, il tenta de parler. Cervier l'aperçut soudain.

— Je suppose que vous en avez assez entendu, dit-il froidement.

— Dans une heure j'aurai quitté votre maison, dit Colligant.

Dame Aline s'écria :

— Monsieur Colligant, vous étiez le seul qui pouviez ramener la paix chez nous. Daniel vous obéissait, et c'était si simple que vous épousiez Mlle Morin.

Elle regarda Cervier :

— Tu as donné ta promesse à Edwige Chabet, et je ne puis croire que tu sois incapable d'oublier un moment de folie. Déjà... tu m'avais juré...

Cervier regarda Colligant :

— Vous quitterez la ferme dès que vous le désirerez, lui dit-il. Vraiment, c'est une malchance.

Daniel se trouvait encore dans les champs. Il avait fait une longue course à cheval ce matin-là, et Colligant partit avant qu'il fût revenu.

X

Colligant revint à Mâcon. Son père voyageait alors dans l'Est pour le compte d'un négociant en vins. Colligant retrouva l'appartement désert et il prit le parti d'aller à Paris afin de s'informer à quelles conditions il pourrait être engagé dans une exploitation coloniale. Il fit quelques démarches sans résultat. Enfin le directeur de l'école où il avait obtenu ses diplômes lui procura un emploi de gérant dans une ferme du Gâtinais. Colligant y demeura pendant les mois de juillet et d'août. En septembre, il apprit la mort subite de son père et demanda un congé. Mais il ne devait jamais revenir dans la région de Montargis. La succession du père était moins insignifiante qu'on ne l'aurait supposé, car il s'était montré obstinément avare depuis son ancienne faillite. Les dettes étaient payées. Il avait même racheté une petite ferme héritée de sa tante et qu'il avait été obligé de vendre autrefois. Jean Colligant, dès que cela lui fut possible, se rendit à cette ferme située dans le haut Jura, à une lieue de Morez.

Tout de suite il constata que c'était un domaine misérable. L'exploitant, un ancien domestique, vivait là sans rendre jamais aucun compte et se contentait d'élever quatre vaches et de semer un peu de seigle. L'hiver, il s'occupait à confectionner des centaines de boîtes à fromage. C'était un homme à peu près muet, dont Colligant eut beaucoup de mal à se faire comprendre. Il s'appelait Georges Graiste. Son premier soin fut d'offrir une tasse de café à Colligant, après quoi il reprit son interminable rêverie.

La maison comprenait quelques pièces délabrées, une écurie et une grange. On y accédait par un chemin mal empierré où personne ne passait jamais. Les prés environnants, bordés de roches empilées, qui formaient des murs bas, étaient vastes, et quelques-uns s'étendaient sur des pentes abruptes entre les forêts.

— Ce n'est pas quatre vaches, mais dix ou même douze vaches qu'on peut nourrir, répétait Colligant.

Georges Graiste regardait le feu dans la cheminée. Il finit par répéter, lui aussi : « Douze vaches », puis il retomba dans son silence.

— A quelle altitude sommes-nous ? poursuivait Colligant. Huit cents ou neuf cents ?

— Huit cent vingt, disait Graiste après quelques longs instants de silence.

Il en fut ainsi pour les moindres détails qui

concernaient la maison, les foins ou le pays avoisinant.

C'était un matin de septembre. Une pluie glacée tombait, et les nuages passaient le long des sapins à deux cents pas de la maison. Dans le gazon subsistaient seulement quelques euphraises, car les floraisons de l'été avaient disparu soudain. Colligant parcourut les prés après avoir visité l'étable. Graiste le suivait sans mot dire.

— Je vais vous quitter, dit Colligant, mais je reviendrai passer l'hiver ici pour tout mettre en état. A la saison prochaine, j'achèterai quelques bêtes.

Graiste approuva et, lorsqu'ils furent de nouveau dans la maison, il sortit d'une armoire une tranche de fromage, du pain, deux assiettes. Colligant regagna Morez dans l'après-midi.

Il était de retour avant l'hiver. Depuis son départ de Champlevant, il n'avait reçu aucune nouvelle d'Irène, quoiqu'il lui eût adressé deux lettres à Charny. En ce début d'octobre les premiers flocons de neige précoce avaient fondu à mesure, et les gazons étaient intacts. Un violent ciel bleu s'étendait au-dessus des sapins. Le soleil faisait apparaître à différentes hauteurs deux ou trois fermes lointaines.

Georges Graiste était dans sa cuisine, devant la fenêtre, au milieu d'un monceau de boîtes à fromage. Il n'arrêta pas de manier sa pince pour placer les agrafes, lorsqu'il vit entrer Colligant.

— C'est un travail monotone, dit Colligant.

Graiste lui montra une autre table où étaient

alignées des lunettes dont, probablement, il venait d'ajuster les branches.

— Cet hiver, dit Colligant, vous m'aiderez à rafistoler la baraque, au lieu de vous occuper à des bagatelles.

— Cet hiver, répéta Graiste.

Pendant les premières semaines de neige, Graiste et Colligant consolidèrent les planches, refirent les cadres des fenêtres. Le travail ne manquait pas et pourtant ils en vinrent à bout beaucoup plus vite qu'ils n'auraient pensé. Alors Colligant aida Graiste à fabriquer ses boîtes. C'était Graiste qui sciait à mesure le bois pour la cuisine et pour la chambre de Colligant. Celui-ci donnait le fourrage aux vaches, et il les trayait le matin. Graiste portait le lait chez le fruitier, à deux kilomètres dans la montagne.

Colligant n'éprouvait aucune envie de sortir. Il avait acheté des skis, mais il s'en servait peu. Le soir, Graiste et Colligant, assis devant la cheminée, regardaient le brasier qui se formait dans l'âtre et qui finissait par prendre l'apparence d'un soleil rouge.

Graiste avait passé vingt ans au service de l'ancienne propriétaire (la grand-tante de Colligant) et, après sa mort, il avait continué toujours le même travail.

— Et, autrefois, avant ces dix années où vous étiez seul et avant ces vingt années avec ma grand-tante ? demandait Colligant.

— Rien, disait Graiste.

Au-dehors, la neige étendait sur les flancs des

monts ses courbes immenses. Pendant les jours ensoleillés, on ne savait ce qui était le plus éclatant : les braises de la cheminée ou la neige. Colligant apprit à fixer des branches à des centaines de lunettes. Pourquoi restait-il à faire ce travail au lieu d'aller se promener ? A quelques kilomètres de là, il y avait des stations de tourisme, où il aurait pu se divertir. Il préférait la compagnie de Graiste.

Graiste ne pouvait prendre une bûche, un chaudron ou quelque autre objet sans qu'on eût l'impression de le voir manier un instrument délicat. Pour fendre des bûchettes, il avait une précision méditative qui faisait croire qu'il tenait un conciliabule avec ses propres mains et avec le bois. Colligant pressentait que Graiste se mettrait bientôt à parler véritablement, quoique l'entente fût assez bonne entre eux sans beaucoup de discours. Un soir, Graiste parla :

— C'était nécessaire, commença-t-il brusquement.

Puis il conta comment, après la mort des parents, il avait élevé ses trois jeunes frères, leurs maladies, leurs escapades, et même leurs études qu'il avait réussi à payer.

— Maintenant, ils se sont envolés loin du pays, disait Graiste avec un sourire radieux. Envolés, mariés, et je ne les ai pas vus depuis trente ans. Les voyages coûtent si cher.

— Ils ne vous écrivent pas ? demanda Colligant.

— Ils m'écrivent au nouvel an. Ils se portent tous à merveille eux et leurs enfants.

Graiste se tut, puis il reprit :

— Autrefois, je désirais courir le monde, mais je ne pouvais pas quitter le pays où mes frères avaient grandi. J'ai lu beaucoup de livres à la veillée, et puis j'ai regardé le feu.

Le feu et la nature, c'était pour lui tout pareil. A ce que comprit Colligant il regardait passer le temps dans les changements du brasier comme dans les floraisons du pré. Il y retrouvait sans doute l'image des versants de la montagne avec des bêtes qui passaient, des oiseaux et aussi des hommes. C'était une sorte d'étude.

— Je regarde, disait Graiste, et il me semble qu'un siècle a passé.

Graiste avait lu, en effet, beaucoup de livres. Colligant songeait que chaque homme a deux vies, celle de tous les jours et des nécessités familiales et puis celle qui ressemble à la vie mécanique des bêtes. Le soleil monte et descend, les étincelles crépitent pendant une minute, puis tout s'apaise, et cela c'étaient des choses mécaniques et extraordinaires.

Graiste raconta ainsi des histoires qui s'étaient déroulées dans les fermes voisines, ou dans les villages plus éloignés. Toujours les mêmes faits d'ailleurs : jalousies, mariages, tromperies ou encore ces amitiés qui permettaient de surmonter des difficultés imprévues. Parfois il se plaisait à répéter que, de loin en loin, on voyait un couple de loups dans la montagne. Ainsi s'écoula l'hiver. Le soleil éclatait sur la neige et, en mars, on sentait déjà au moment de midi une caresse de printemps.

Graiste fit des projets :

— Je vous conduirai dans les chemins de la montagne jusqu'à la frontière suisse, disait-il.

Il se montra très compréhensif lorsque Colligant lui exposa ses projets d'acheter des bêtes et d'élever aussi de la volaille.

— Dieu sait que j'ai dû apprendre à calculer, disait Graiste.

Un jour, Colligant prit l'autobus pour descendre à Morez. Il passa une bonne heure à regarder les vitrines des magasins. La rue se creusait sous les montagnes sombres et à cette heure matinale les vitrines étaient encore allumées. On entendait rouler l'eau du torrent au milieu des neiges qui fondaient. Colligant s'arrêta devant la boutique d'un antiquaire où il y avait des objets chinois, puis il alla acheter une cravate. Au moment d'entrer chez le chemisier, il croisa un homme au pied bot et cet homme le regarda.

Le commerçant fut infiniment aimable. Colligant profita de ses bonnes dispositions pour le questionner sur le pays environnant :

— Beaucoup de touristes, oui, nous avons beaucoup de touristes, disait l'homme. Bien sûr, tout le monde ici connaît Georges Graiste, votre employé. Sa mère tenait la librairie voisine, et le libraire actuel m'en a parlé souvent. Une honnête femme, morte avant l'âge, il y a bien cinquante ans.

Lorsque Colligant rentra à la maison, Graiste lui dit :

— N'avez-vous pas vu l'homme au pied bot ?

— Comment savez-vous ?

— C'est Grégoire. Il habite à Prémanon et, en allant porter le lait, je l'ai rencontré comme il descendait à Morez.

— Vous connaissez donc tant de gens ?

— Je connais l'un et l'autre, murmura Graiste. Ils me parlent et moi j'écoute.

— Que disent-ils ?

Graiste haussa les épaules. Il alla ouvrir l'armoire et mit le couvert. Puis il apporta du pain, du fromage et des œufs. Colligant parla du prix des vaches. Graiste lui donna quelques renseignements sur la provenance et la valeur des bêtes qu'on élevait dans la région.

Colligant ne pensait jamais à son séjour chez René Cervier. Tout cela était fini et il ne doutait plus de la duplicité d'Irène. Cet homme au pied bot lui rappelait bien certaine conversation qu'il avait surprise entre Irène et les gosses de Merval. Mais cela lui paraissait infiniment éloigné.

Le printemps vint à travers la neige, au début d'avril. Colligant fit quelques voyages dans la région pour passer des marchés. Il acheta d'abord un cheval et trois vaches qu'on pourrait encore nourrir jusqu'à ce que l'herbe fût assez haute. Il défricha ensuite avec Graiste une bande de terre encombrée de pierrailles où de petits sapins avaient repoussé.

Dans les hauts prés on trouvait des narcisses. Puis vinrent quelques jours de loisir.

— Il nous faut encore d'autres bêtes, dit Colligant à Graiste. Vous me conduirez demain à Lamoura.

Graiste alla prier le commis d'un chalet voisin de venir traire les vaches le matin et le soir, et il partit pour Lamoura avec Colligant le lendemain dès l'aube.

XI

D'abord ils redescendirent vers la route de Cinquetral, et ils entrèrent dans un bois de noisetiers. Un ruisselet courait à travers les noisetiers. Ils le suivirent jusqu'à une prairie semée de hautes gentianes. Au-delà du pré, ils montèrent dans un taillis de charmes, de chênes et de sorbiers. Puis les arbres peu à peu devinrent plus grands. Des sapins se dressaient de loin en loin. Une légère crête de rochers rompit le bois et on traversa un cirque sombre où s'entassaient des arbres morts. Tout au fond du cirque il y avait encore un peu de neige.

Les bruits qu'on entendait c'étaient des fuites d'oiseaux ou de bêtes. Au-delà du cirque et sur la hauteur commença la forêt de sapins, où Colligant et Graiste cheminèrent jusqu'à midi. Ils montaient obliquement à travers les futaies ininterrompues. On voyait de loin en loin une éclaircie étroite où poussaient des ronces, des herbes et de soudains tapis de fleurs. A mesure qu'on s'élevait en altitude, les fleurs changeaient (saxifrages, campanules, peu importe), mais la forêt demeurait sombre. On entendit vers midi les cloches d'un troupeau de vaches.

— Enfin, voici un peu d'air libre, dit Colligant.

— Nous n'irons pas de ce côté, dit Graiste.

Ils marchèrent encore dans le sous-bois, où les hêtres se faisaient rares, et ils débouchèrent enfin dans une très petite prairie où ils s'assirent pour déjeuner. Graiste semblait s'intéresser beaucoup aux grosses renoncules qu'on appelait trolles et aux orchidées. « C'est mécanique tout cela », songeait Colligant.

Après le repas, Graiste se mit à marcher plus rapidement sur le plateau. Ils parvinrent vers une heure à Lamoura où ils discutèrent avec un fermier pour l'achat d'une bête. Puis ils revinrent par un autre chemin. On traversa des marais et, plus loin, des landes sèches avec des gentianes et ces espèces de candélabres empoisonnés, les vérâtres. Ils franchirent enfin une petite butte et ce fut là-haut une vaste combe resserrée entre des croupes couvertes de sapins et de framboisiers.

Colligant se montrait assez désappointé. Il arrive souvent qu'en partant pour une promenade on éprouve la certitude d'aller au-devant d'une histoire et rien ne se passe.

Une longue file de sapins s'avançait en promontoire au centre du pré :

— Je pensais aussi que nous rencontrerions des gens, dit Graiste.

A ce moment on entendit au milieu des sapins un bruit de pas, doux et régulier.

— Holà, dit Graiste.

Le bruit cessa. Graiste et Colligant s'avancèrent et pénétrèrent sous les sapins. Sur la lisière opposée, ils virent un homme qui se tenait immobile et leur tournait le dos. Ils lui parlèrent, mais l'homme ne bougea point.

Quand ils se furent approchés, ils virent qu'il était occupé à manier un appareil photographique d'un très ancien modèle. Le personnage lui-même avait un habillement désuet. Sa cravate, de fort belle soie, ornait un faux col très élevé et détérioré par maintes lessives.

— Pardonnez-moi, dit Colligant. Nous sommes curieux de savoir ce que vous photographiez.

La combe s'étendait indéfiniment entre des croupes montagneuses et, vraiment, une telle monotonie ne pouvait tenter aucun photographe.

— C'est un scarabée, dit l'homme. Ne le voyez-vous pas qui se promène le long de cette bouse de vache ?

— Certes, dit Colligant. Vous êtes sans doute naturaliste.

— Pardonnez-moi, dit l'homme. Je connais l'histoire naturelle et bien d'autres sciences encore, car je suis auteur de mots croisés.

Colligant regarda Graiste qui paraissait prendre le plus grand intérêt à cette déclaration.

— Je suis très honoré, monsieur... dit-il.

— Félix Payardel, déclara l'homme. Mais, vous-même, vous voyagez sans doute pour votre plaisir.

— Nous nous promenons, dit Colligant.

— Comme c'est curieux, dit M. Payardel en fermant la boîte de son appareil d'un coup sec.

Il y eut un silence.

— Je puis vous rendre le service de vous indiquer les chemins les meilleurs, reprit froidement M. Payardel, quel que soit le lieu où vous vous rendez.

— Nous allons redescendre vers Morez, dit Graiste, et il nous suffit de suivre cette route pour rejoindre d'abord Prémanon.

— Quelle erreur ! s'exclama M. Payardel. Si vous voulez bien venir avec moi, je vais vous indiquer un sentier beaucoup plus rapide.

Graiste et Colligant l'accompagnèrent. Graiste lui expliqua que, tous les ans, il faisait une promenade pour voir les fleurs de la montagne.

— C'est une noble habitude, observa le photographe.

Donc on bavarda, et M. Payardel expliqua quelles circonstances l'avaient amené dans ces parages. Il tenait à Paris un petit magasin de timbres-poste et, aux bénéfices de ce commerce, il adjoignait ceux que lui procuraient des recherches sur les mots croisés dont il fournissait quelques magazines. Sentant venir la vieillesse, il avait vendu son fonds pour s'établir dans les montagnes.

— Vous semblez très attaché à ce pays, observa Colligant.

— Cela c'est une autre question, dit Payardel. J'ai des amis, et nous nous préparons à partir pour un long voyage.

— Quel voyage donc ? demandait Colligant.

— Nous en déciderons bientôt, dit Payardel.

Ainsi devisant ils parvinrent à un sentier qui descendait le long d'une gorge étroite.

— C'est ce sentier, dit M. Payardel en s'inclinant. Je vous souhaite un bon retour.

Colligant lui demanda où il habitait.

— Du côté de Bellecombe, dit simplement M. Payardel.

Colligant et Graiste rentrèrent à la maison beaucoup plus tôt qu'ils n'avaient prévu, et le commis venait tout juste de traire les vaches.

Ce fut la semaine suivante que Colligant rencontra Irène dans les rues de Morez. Le temps de la fenaison approchait et il fallait équiper à neuf la vieille faucheuse. Colligant était descendu à Morez sur la machine conduite par ce cheval qu'il avait acheté au début du printemps. En somme, la vie semblait particulièrement digne d'être appréciée par un sage cultivateur qui conduit à la ville un équipage aux sons discordants et tout animés de la joie de vivre. Les grincements de la faucheuse, le vol des abeilles, l'air frais de la route et des rues semblaient, ce matin-là, tout à fait nouveaux.

Irène se tenait au bord d'un trottoir, dans la rue principale de Morez, et un homme au pied bot (celui que Colligant avait rencontré quelques jours auparavant) lui entourait les épaules de son bras.

L'homme était assez grand et il portait de modestes habits. Irène était vêtue d'une robe de pacotille, très claire.

Colligant arrêta son attelage. Irène regarda Colligant, mais elle ne sembla pas le reconnaître. L'homme boiteux et la jeune fille s'apprêtaient sans doute à traverser la rue. Ils discutaient amicalement, et l'homme penchait la tête vers celle de sa compagne.

Colligant fit aussitôt repartir son cheval, mais il s'arrêta de nouveau, devant la boutique de l'antiquaire, pour observer de loin les démarches des amoureux. Il les vit qui s'avançaient vers le trottoir opposé et entraient dans une mercerie.

Colligant avait rangé sa machine contre le trottoir, et il demeura quelques minutes immobile sur son siège. Soudain, un passant l'interpella. C'était Félix Payardel.

— Quelle surprise de vous rencontrer, dit M. Payardel. Que regardez-vous donc avec une telle attention ?

Colligant ne songea pas même à souhaiter le bonjour à son interlocuteur. Sans lui répondre, il tourna de nouveau les regards vers la mercerie d'où sortaient à cet instant Irène et l'homme boiteux, qui s'éloignèrent bientôt le long du trottoir en se serrant l'un contre l'autre.

Félix Payardel s'était approché de Colligant.

— Connaîtriez-vous Grégoire et Irène ? lui demanda-t-il. Ce serait vraiment un singulier hasard.

Colligant baissa la tête comme s'il avait besoin de réfléchir avant de répondre.

— Si vous êtes vous-même de leurs amis, dit Colligant pour couper court à toute explication, pouvez-vous me dire s'ils sont mariés ?

— Mariés ! s'écria Payardel. Quelle étrange question ! Leur mariage a été célébré à Mijoux l'été dernier précisément, et je fus l'un de leurs témoins.

— L'été dernier, répéta Colligant.

Puis, revenant soudain au souci des convenances, il s'excusa de la brusquerie de ses paroles, et il exprima son plaisir de rencontrer M. Payardel. Enfin il lui conta brièvement dans quelles circonstances il avait connu Irène Morin, mais sans lui avouer qu'ils furent presque fiancés.

— Irène m'a parlé quelquefois de Charny, dit M. Payardel.

— N'y est-elle jamais retournée ? demanda Colligant.

— M. Morin ne désire pas beaucoup la revoir, paraît-il.

Bien des événements s'étaient donc déroulés depuis le dernier été. Colligant apprit que Grégoire Veilloux était un simple ouvrier. Irène l'avait connu pendant les séjours qu'elle faisait dans le Jura auprès d'une famille amie. C'était très simple. Le père Morin ne cessa de prétendre (selon les dires de Payardel) que sa fille restait coupable d'avoir rompu des fiançailles précédemment conclues et, du même coup, ce qui semblait encore plus grave, ses bonnes relations avec des gens très honorables auxquels il désirait cacher l'existence même de Grégoire.

— Qu'en pensez-vous ? demanda Colligant qui avait fini par descendre de son siège.

— Je pense que M. Morin avait raison, conclut M. Payardel, mais rien sans doute ne pouvait empêcher le mariage d'Irène et de Grégoire.

Il n'était pas étonnant qu'Irène n'eût jamais donné de ses nouvelles à Colligant. Pourtant elle avait désiré sincèrement se marier avec lui. Il aurait fallu connaître dans quelles circonstances elle avait quitté Charny après sa dernière entrevue avec René Cervier. Mais, quoique Payardel semblât disposé à fournir toutes sortes d'explications, il n'avait aucun moyen d'éclaircir ce point obscur.

Colligant jugea bon de mettre fin à cet entretien. Pour quitter Payardel, il prit ccmme prétexte tout le travail que nécessiterait la réparation de sa faucheuse. M. Payardel estima d'un coup d'œil le délabrement de la machine et il salua Colligant, non sans exprimer l'espoir de le revoir bientôt. Mais ils ne fixèrent aucun rendez-vous.

Colligant remonta sur la machine. Il se rendit aussitôt chez le mécanicien qui promit de faire sur-le-champ les réparations nécessaires. Colligant attacha donc son cheval devant l'atelier, puis il alla faire quelques achats dans les magasins. Vers midi, il s'attabla dans un restaurant, fit traîner le repas en longueur et passa une bonne heure à lire un journal avant de retourner chez le mécanicien.

— Votre machine est vieille, lui dit l'homme.

Une pièce a cassé, et il faudra que mon ouvrier passe tout l'après-midi à démonter les autres pièces.

Colligant proposa d'aider l'ouvrier. Il ne croyait pas qu'une méchante mécanique pouvait donner tant d'ennuis. Le résultat fut qu'aux environs de sept heures un axe se brisa comme du verre au moment où l'on pensait avoir presque terminé.

— Je ne possède pas cette pièce, dit le mécanicien, mais nous l'aurons dans une huitaine de jours, si vous voulez bien revenir.

Colligant regarda le ciel qui s'assombrissait. La pluie venait avec le soir, et il attendit une légère accalmie avant de se mettre en route. Ce n'était qu'un faible orage, mais il faisait déjà très sombre lorsque Colligant sortit de Morez, suivi de son cheval. Il s'engagea dans le chemin qui lui était devenu familier. Ce chemin montait d'abord assez rapidement, puis il traversait de grandes prairies avant de reprendre ses lacets abrupts et resserrés le long d'une crête.

La nuit devint tout d'un coup très profonde. Colligant voyait tout juste la limite de l'herbe des prairies de part et d'autre du sentier. Il s'amusait à nommer les fleurs qu'il rencontrait souvent dans ces parages. Il avait lâché le licol du cheval qui le suivait avec patience, et il pouvait sentir, en tendant les mains, la cime des plus hautes plantes. Il reconnut au toucher les petites masses globuleuses des sanguisorbes. En plein jour elles dégageaient une sorte d'obscurité rouge et, déjà, elles ressemblaient à la nuit. Colligant s'arrêta. Il crut, pendant un instant, malgré les ténèbres, voir avec netteté le rouge des sanguisorbes, plus obscur encore que la nuit. Cela dura un dixième de seconde. Puis il reprit sa marche. Le cheval s'était arrêté aussi et, de nouveau, ses sabots s'agrippèrent aux cailloux du sentier. Colligant sentait dans son cou le souffle des naseaux. Vraiment, il était impossible de voir aucun détail des crêtes montagneuses, et la forme des nuages ne se dessinait en aucun lieu du ciel. Il y avait une éclaircie à peu près large comme un trou de serrure vers l'ouest, à cinquante lieues, semblait-il. Colligant prit dans sa poche une pomme et il la donna au cheval (c'était son dessert de midi qu'il avait gardé). Irène donnait souvent des pommes au cheval qu'elle montait. Irène avait vraiment une singulière façon de se tenir en selle. Comme si elle ne savait pas du tout monter à cheval. Jamais elle ne tombait.

Il y a peu de nuits si obscures, mais, en vérité, il était facile de parier quelles sortes de fleurs poussaient dans les prés envahis par l'obscurité. A cette altitude, si les alchémilles des Alpes ne se montraient pas encore, on trouvait des quantités d'alchémilles vulgaires. Puis on remarquait les marguerites, les plantains, les raiponces, les serratules. Colligant n'aurait pas oublié même le nom d'un brin d'herbe. Et, quand toutes ces fleurs étaient ensemble pendant le jour, on pensait à un feu. Pour l'heure, il s'agissait d'un feu invisible. Colligant continuait à réciter des noms. Il y avait aussi dans le pré ces épinards sauvages et ces pissenlits qu'on rencontre partout. Irène aimait cueillir des salades de pissenlits, que ce soit pour la table ou pour donner aux lapins. Occupation peu digne d'une fermière, mais la jeune fille s'amusait toujours de choses insignifiantes.

Colligant, suivi du cheval, avait commencé à grimper les lacets abrupts. S'il s'était retourné, il n'aurait même pu voir ce damné cheval. Il tendait la main pour suivre l'alignement des buissons bas, à la limite du sentier, et il entendait le bruit régulier et lent des sabots qui parfois sonnaient sur un caillou. A force de les écouter, leur rythme semblait se transposer et cela devenait comme un galop très ample et rapide. Certes, lorsque Irène lançait son cheval au galop, dans ces jeux que Daniel organisait le dimanche, on oubliait sa maladresse, et l'on ne voyait plus que ses cheveux secoués et ses yeux qui brillaient.

Soudain Colligant avait cessé de tendre la main vers les buissons pour assurer sa marche. Il allait tout droit vers le ravin. Une petite plate-forme prolongeait le sentier un peu vers la gauche et tombait sur le ravin. Colligant traversa la plate-forme et, aussitôt, il sut qu'il était en dehors du sentier. Il avança néanmoins de deux pas, avec un ferme désespoir. Certainement il renoncerait à faire un troisième pas, mais, au deuxième, il sentit le vide. (Quand elle lançait son cheval au galop, sans aucun doute ses cheveux et ses yeux étincelaient.) Colligant dégringola comme une pierre qui se détache d'un talus. Le cheval s'arrêta devant le ravin et il attendit.

XII

Graiste avait entendu le cheval revenir vers minuit, et piaffer devant la porte de l'écurie. Il sortit avec la lanterne. Ce fut seulement à l'aube qu'il put entreprendre de rechercher Colligant. Il le retrouva à une vingtaine de mètres du chemin, en contrebas, étendu au milieu des buissons. Colligant était revenu à lui. Il éprouvait des souffrances assez grandes et il ne paraissait pas valoir beaucoup mieux qu'un cadavre. On sut plus tard qu'il s'était brisé deux côtes et une jambe.

Graiste fit appel à des fermiers du voisinage et, avec un drap et quelques cordes, on vint à bout de remonter Colligant jusqu'au chemin.

Graiste ne voulut pas que Colligant fût transporté à l'hôpital. Il le soigna dans sa chambre de la ferme. Néanmoins il s'occupa de la fenaison avec des ouvriers qu'il recruta en hâte.

— Une distraction, expliquait Colligant. Je ne m'étais jamais promené par une nuit aussi noire.

— Vous devriez être mort à l'heure qu'il est, disait Graiste avec fureur.

Donc la fenaison se fit, tandis que Colligant lisait les vieux livres que Graiste alla lui chercher au grenier. La guérison devait être longue, mais les soins assez faciles toutefois dès que Colligant fut convenablement plâtré.

Le lit était placé face à la fenêtre. Colligant voyait la lisière du bois, au-delà du pré, et avec des jumelles que Graiste avait dénichées au fond d'un placard, il pouvait rapprocher suffisamment ce paysage pour parvenir à croire qu'il se trouvait au milieu des branches. Il n'y avait là-bas que quelques branches de hêtre en effet, couvertes de rares feuilles, sous les troncs des sapins. Un peu de gazon, quelques campanules, et dans le fond, l'ombre du bois. Mais au premier plan des mouches vives traversaient le soleil. Des criquets venaient sauter jusque-là et demeuraient parfois assez longtemps immobiles. Il y eut des papillons, des oiseaux. Jamais la vie ne s'arrêtait. Colligant vit aussi pousser de nouvelles plantes et particulièrement cette orobanche parasite aux couleurs artificielles (jaune et violette) qu'elle a sucées aux racines de gaillet. Il aurait fallu nommer aussi les petites mouches dans les fleurs, et les abeilles souterraines, car il n'existait pas une parcelle du monde qui ne fût aussi splendide qu'un ciel étoilé. Il n'y avait rien, et c'était une fête continuelle. Les sauterelles venaient éprouver de loin en loin avec leur instrument cubain l'ironie du grand silence.

Vers la fin de juillet, comme le travail des champs était à peu près terminé, Colligant reçut la visite de Félix Payardel.

— Tout se sait dans la montagne, monsieur Colligant, dit Payardel. J'ai appris votre accident et je suis venu vous tenir compagnie.

M. Payardel apportait à Colligant quelques problèmes de mots croisés dont il était l'auteur. Mais il ne fit à ce sujet aucun commentaire.

— Irène m'a parlé de vous, dit bientôt M. Payardel, et il faut que je vous conte toute cette histoire.

Vraiment l'histoire devait être cruelle pour Colligant. Toutefois, il l'écouta patiemment quoiqu'elle fût longue. M. Payardel s'était installé à califourchon sur une chaise et jusqu'à la nuit il ne cessa de pérorer et de fumer des cigarettes. Ce fut dans cette fumée que Colligant fit la connaissance de personnages dont il n'avait jamais soupçonné l'existence, et qui de près ou de loin furent mêlés à la vie d'Irène Morin.

— Si vous voulez bien m'écouter, répétait de temps à autre M. Payardel, vous verrez que cela ressemble à un problème de mots croisés. Dans le monde, on suppose qu'il y a des sentiments et des phrases qui résument tout. Mais moi je me porte garant que la vie est toute pareille à des mots croisés. On voit aussi des cases noires ici et là, et n'importe quel mot peut se retrouver avec un autre qui signifie soleil ou lumière, ou matin. Qu'en pensez-vous ?

Colligant assura qu'il était disposé à entendre

n'importe quoi, et il ne se priva pas de puiser dans le paquet de cigarettes que lui tendait Payardel.

— Ce sont d'excellentes cigarettes, monsieur Colligant. Imaginez d'abord une rue à Paris, pas très loin de la Seine, une rue étroite où l'on oublie tout à fait qu'il existe des avenues et un fleuve. Vers le milieu de cette rue, il y a une maison de quatre étages, qui reste debout parce que les immeubles voisins l'étayent. C'est là que tout a commencé.

Les Cravart habitaient la rue Sariette, au quatrième étage de cette vieille maison. Le père Cravart était un homme qui avait participé à des courses de vélo, mais il fut atteint d'une sorte de maladie (névrite ou rhumatisme, M. Payardel ne savait pas au juste), qui l'obligea à garder la chambre

— Pourquoi ne pas vous avouer tout de suite, monsieur Colligant, dit soudain Payardel, que les Cravart ont connu Pierre Cervier autrefois, que Pierre Cervier est toujours de ce monde, et qu'il n'y a dans tout cela aucune circonstance exceptionnelle. L'appartement des Cravart comprenait deux pièces étroites et une cuisine encore plus étroite. Mais les locataires bénéficiaient d'un avantage appréciable : les fenêtres donnaient sur une cour dont la perspective, d'abord resserrée entre les murs des immeubles voisins, s'ouvrait sur une échappée profonde. Cette perspective dominait une file de bâtisses et de toits qui descendaient confusément vers le Jardin des Plantes.

Félix Payardel tenait au rez-de-chaussée une sorte de boutique aux vitres sales. Il y vendait ses timbres et quelques articles de librairie. Presque chaque soir, à la nuit tombante, il montait chez les Cravart pour bavarder en regardant par la fenêtre les lointains du ciel qui s'éteignaient lentement.

— C'est une chance, madame Héloïse, que vous possédiez un si beau point de vue, disait-il de temps à autre.

Lui-même logeait dans un appartement qui ressemblait à un corridor et son unique fenêtre sur la cour restait toujours obscure. Seulement quand il allumait la lampe il pouvait croire qu'il avait affaire à une fenêtre normale propre à refléter l'éclat du jour. Bref, il connut Mme Cravart dès que celle-ci vint lui acheter quelques articles scolaires pour ses filles, Amélie et Jacqueline, alors âgées de six et sept ans. Elle lui avait parlé, sans beaucoup se soucier d'être entendue, des complications de son ménage.

Cela se passait en 1912. M. Payardel avait une quarantaine d'années, à peu près le même âge que M. Cravart, mais il paraissait déjà vieux, à force d'être resté dans sa boutique et de considérer ses timbres. Mme Cravart l'engagea à venir parler à son mari, que la maladie contraignait à mener une vie méditative, et Payardel reconnut dans Cravart un homme assez instruit.

La première fois que Payardel entra dans l'appartement des Cravart, il interrompit une discussion violente. Jacqueline avait fait brûler ses souliers en les mettant sécher sur le coin de la cuisinière (on était en automne). Dame Héloïse disait :

— Cette semelle ne durera pas quinze jours.

Cravart cria du fond de la chambre :

— Tais-toi !

— Je devais acheter des souliers pour Amélie dans quinze jours.

— Elle ira pieds nus, dit Cravart.

Jacqueline cracha dans la figure d'Amélie qui lui faisait des grimaces. Dame Héloïse gifla Jacqueline. Amélie riait.

— Toi, Cravart, cria Héloïse, veux-tu lui dire de se taire.

— C'est la faute d'Amélie, dit Cravart.

— Je vous dérange, dit Payardel.

Mme Cravart proposa de prendre une tasse de café, et soudain un silence profond régna dans l'appartement. Amélie et Jacqueline s'étaient enfoncées entre la boîte à ordures et la cuisinière. Dans la fenêtre on voyait les nuées lointaines colorées par le grand éclat de la soirée.

— Vraiment, vous avez un beau point de vue, dit Payardel.

Le père Cravart était tombé malade peu de temps après la naissance des deux petites, et il s'occupait à domicile de quelques travaux de comptabilité. La mère travaillait dans un magasin comme femme de ménage. Cravart ne bougeait de son lit que pour s'installer dans un fauteuil quand il avait à faire quelques écritures, mais c'était au prix de vives douleurs.

Payardel fut introduit dans la chambre, et l'on servit le café sur une petite table d'osier. Cravart montrait un visage où la fatigue s'était depuis si longtemps imprimée que des traits nouveaux semblaient se reformer. Cravart avait été obligé d'inventer des expressions et des sourires peu compréhensibles pour les gens qui n'étaient pas initiés.

Les gamines étaient venues, elles aussi, à pas de loup dans la chambre, et elles regardaient Payardel comme si ç'avait été une statue. Mme Cravart versa le café avec une attention respectueuse, et s'assit gravement. Puis, regardant Cravart :

— Nous nous intéressons beaucoup aux timbres, monsieur Payardel. Je connais par cœur tous ceux de votre vitrine et je les raconte à Julien.

Les yeux de Julien Cravart brillèrent. Il posa une question sur la géographie de Cuba. Payardel, qui s'était un peu recueilli, fit un exposé judicieux sur Cuba. On l'écouta comme si des portes sacrées s'étaient entrouvertes et comme s'il était possible soudain d'apprendre enfin quelque chose.

Quand on eut bu le café, Cravart montra à Payardel une collection d'articles de vieux journaux, de dessins et de clichés qu'il avait recueillis en quelques années, pour la plupart découpés dans ces papiers dont le fruitier enveloppait les carottes et les raves.

Payardel disserta sur les sauterelles d'Afrique, et sur les télescopes. Et de nouveau il y eut ce silence. C'est alors que Payardel remarqua que Cravart, à demi allongé sur son fauteuil, cachait un objet entre ses doigts. Ce soir-là, il ne put parvenir à s'en faire la moindre idée.

Quand il eut quitté les Cravart, Payardel alla

chercher son dîner chez le commerçant voisin, et s'installa au fond de cette pièce noire qui lui servait de salle à manger et qu'il avait meublée de bric et de broc. Il médita longuement de façon à retrouver sa propre jeunesse dans une famille qui s'acharnait, comme les Cravart, à faire des acrobaties pour tourner les difficultés. Il avait été apprenti chez un imprimeur où il prit le goût de la lecture, et en quinze ans il amassa un pécule qui lui permit d'acheter cette boutique. Ce n'était pas encore le temps des mots croisés, mais il vivait dans une aisance parcimonieuse, et il se ménageait des loisirs pour s'adonner à des réflexions obscures. Quel était donc cet objet que Cravart dissimulait entre ses doigts ? Un couteau ? Une ampoule de poison ? Peut-être simplement un crayon ? Payardel l'apprit le lendemain soir. Quand il entra chez les Cravart il y eut encore une discussion brève. Mme Cravart avait égaré les allumettes et son mari lui reprochait de laisser les enfants toucher à tout.

— Je vais t'apporter un tison pour allumer ta cigarette, dit enfin Mme Cravart.

La dispute semblait venir de si loin qu'on aurait pu croire que l'affaire remontait au printemps du monde.

— Mon Dieu, reprit Mme Cravart, elles sont peut-être tombées dans le seau à charbon.

— Regarde aussi dans la poubelle, conseilla Cravart. Il faut les retrouver à tout prix.

— J'ai quelques allumettes, dit Payardel.

Payardel avait apporté un album de timbres aux

enfants. Amélie et Jacqueline regardèrent l'album, et parurent éprouver une grande satisfaction, mais pas excessive.

— Entrez, monsieur Payardel, dit enfin Cravart.

C'est alors que Payardel aperçut l'objet que Cravart semblait dissimuler entre ses mains : une simple fleur.

Une fleur pareille à nos chicorées sauvages et du même bleu, mais pourvue de languettes nombreuses qui la faisaient ressembler à une anémone de mer. Mme Cravart comprit que cette fleur intriguait Payardel.

— C'est Amélie qui l'a volée au Jardin des Plantes.

Jacqueline le lui avait défendu, mais Amélie était une rusée. En passant devant le jardin botanique, Amélie avait joué à tourner sur elle-même en étendant les bras. Et je te tourne, et je te tourne, et je te franchis la porte interdite aux enfants, et je te fais une révérence pour cueillir n'importe quelle fleur. Et aussitôt la grande course à perdre haleine dans les allées, puis jusqu'au fond des rues.

— Hier c'était jeudi. Elle a fait cela, assura Mme Cravart.

— Elle a fait cela, répéta Jacqueline mécaniquement.

Cravart regardait Amélie, et Amélie le regardait.

— C'est sûrement une fleur d'Amérique, dit Cravart.

Payardel apprit qu'Amélie avait la manie de razzier de menues choses, partout où elle passait, morceaux de craie à l'école, grains de raisin aux étalages, vraiment n'importe quoi qui fût petit.

— Ce n'est pas vrai, protestait Amélie d'un ton de défi.

M. Payardel dut faire quelques commentaires à propos des timbres qu'il avait apportés, et sur ces entrefaites Cravart s'endormit dans son fauteuil. Mme Cravart fit un signe et tout le monde passa dans la cuisine.

— Je vous souhaite le bonsoir, lui dit Payardel.

— Ne vous en allez pas. Je vais vous raconter... murmura Mme Cravart.

Payardel se rassit.

— Il faut que vous appreniez à mieux connaître mon mari, commença-t-elle d'un ton imperturbable. Il est plus instruit que vous ne croyez.

Elle parla tout en faisant mille besognes, ravaudant, préparant le repas (des châtaignes), inspectant les poux d'Amélie, vérifiant les cahiers de Jacqueline.

M. Cravart avait toujours été un homme très occupé, car au temps où il se portait bien il faisait plusieurs métiers. Il était employé dans une librairie, et chaque soir il se livrait à toutes sortes de travaux que les gens du voisinage voulaient bien lui confier, tour à tour ébéniste, ferblantier, raccommodeur de porcelaines, relieur. Il avait aussi participé à des courses de vélocipèdes. Mais depuis sa maladie, il s'était adonné aux occupations que lui permettait son état, il avait lu énormément, et même étudié la grammaire et la géométrie dans des vieux livres, comme s'il désirait devenir instituteur.

— Par exemple, il connaît par cœur tout le Mexique. Il vous dira les noms des villes, le temps qu'il y fait.

Amélie et Jacqueline écoutaient ce discours avec un ravissement inépuisable. Sans doute était-ce la dixième ou la vingtième fois qu'elles l'entendaient. Maman Héloïse semblait aussi connaître par cœur ce qu'elle disait.

— Jamais nous n'avons quitté Paris, même pour aller dans la banlieue. On disait toujours... Mais il y a eu la maladie de Cravart.

Payardel comprenait qu'il devait absolument laisser les phrases rituelles se dérouler comme il convient.

— Cravart sait tout ce qu'on peut savoir sur le Mexique et sur d'autres pays encore. Un jour, il nous énumère les plantes, une autre fois c'est le tour des animaux et des rivières. Comme à l'école, monsieur Payardel. Mais il faut que je vous pose une question.

Mme Cravart faisait courir son aiguille avec une rapidité extraordinaire.

— Voilà : il nous dit toujours qu'il y a des contrées curieuses tout près de Paris, et que plus loin c'est des pays encore plus bizarres. Et puis il répète que partout, dans Paris même et dans les villes qui sont là-bas (mais loin de toute façon), il y a des hommes pas comme les autres, des gens savants par exemple qui ont des yeux très aigus, et qui sont habiles à faire des choses que nous n'avons même pas dans l'idée. Il faut que je vous pose la question, monsieur Payardel : est-ce que cela est vrai ?

— C'est vrai, dit Payardel sans même réfléchir.

Mme Cravart regarda ses filles qui parurent partager la satisfaction qu'elle éprouvait.

— J'ai encore une petite lessive, dit-elle enfin.

Payardel prit congé, et depuis ce jour il avait gardé l'habitude de venir bavarder avec les Cravart. Il apprit que ces gens se préparaient depuis deux ans à partir en voyage. Par quels moyens ? Ils ne le savaient pas eux-mêmes. Mais ils cherchaient à quitter Paris. Comme ils n'avaient aucune possibilité de faire la moindre économie, Mme Cravart ne cessait de s'enquérir auprès des voisins ou des gens qu'elle rencontrait de certaines possibilités qu'il y a de trouver une situation à la campagne. Une fois que la famille aurait déménagé seulement à dix kilomètres de Paris, il n'était pas tout à fait vain d'espérer que ce serait la première d'une série d'étapes où l'on pourrait acquérir un peu d'aisance et voir le monde. Du moins, Mme Cravart envisageait ainsi cette question malgré le proverbe qui la tourmentait et qu'elle répétait parfois : « Pierre qui roule n'amasse pas mousse. » Mais elle ajoutait aussitôt :

— Dirait-on pas, à nous voir, que nous avons roulé depuis l'éternité ?

Enfin elle concluait :

— Nous pourrions être gardiens d'un domaine.

Avec un jardin, et dès que les petites seraient en âge de travailler, nous ferions des bénéfices.

Il semblait impossible de transporter Cravart, mais c'était surtout pour lui que Mme Cravart désirait quitter Paris, pour qu'il voie les choses autrement que sur les cartes postales ou en imagination.

— Je ne lui en parle jamais. Pourtant, nous cherchons à l'emmener. Ailleurs il guérirait.

Amélie et Jacqueline participaient à ce complot.

— Il faut bien s'occuper, disait souvent Mme Cravart, et elle écrivait à des cousines, à d'anciens amis, dont elle avait encore l'adresse, espérant toujours qu'on lui donnerait au moins une idée.

Trois années passèrent avant que les Cravart fissent la connaissance de Pierre Cervier. Mais ils ne quittèrent leur logement que quinze ans plus tard.

XIII

Colligant écoutait Payardel conter ses souvenirs. Cela n'avait peut-être aucun rapport avec l'histoire d'Irène. Au-dehors se dévidait le cliquetis de la faucheuse, et lorsqu'elle s'arrêtait pour tourner au bout du pré, on entendait le vent qui grandissait dans la multitude des sapins.

— Qui sait ? dit pourtant Payardel. Si les Cravart n'avaient jamais eu l'idée de quitter Paris, sans doute vous ne seriez pas étendu sur ce lit.

C'était pendant la guerre, en 1916. Amélie avait alors dix ans. Elle sortait de l'école. L'hiver était venu et il faisait nuit. Cependant elle avait accompagné une amie qui s'en allait vers les quais, et en se racontant des histoires à dormir debout elles arrivèrent au quartier des brasseries.

— La maîtresse a dit, prétendait la copine, que les gens qui boivent dans les cafés deviennent verts et qu'ils meurent.

— On ne voit pas de morts, dit Amélie.

— La maîtresse a dit que les enfants qui mentent deviennent verts aussi.

— Toi, t'es une menteuse, prétendit Amélie. Puis il y eut les nuages. Le reflet des lumières se projetait sur les nuages bouleversés qui défilaient dans le ciel frais de la nuit.

— Je suis pas une menteuse.

— Si, t'es une menteuse.

Il fallait répéter cela au moins vingt fois, tandis que tant de nuages roulaient par-dessus les immeubles. Mais Amélie sut faire semblant d'avoir raison, et l'autre, exaspérée, se sauva en hurlant. Amélie resta seule à regarder les fiacres, les taxis, et enfin, se retournant, la grande glace du café.

Derrière la glace, il y avait trois soldats qui jouaient aux cartes. L'un d'eux était très grand et fumait une pipe que sans cesse il rallumait. Chaque fois il posait sur la table son briquet, une petite douille de cartouche patiemment ciselée (du travail de tranchées, mais le briquet ressemblait à de l'or). Les regards d'Amélie furent pris par cet objet comme des oiseaux qui voient un serpent. Il n'y avait plus ni rues, ni passants, ni nuages, ni taxis. Rien qu'un briquet en or.

Amélie entra dans le café par la porte voisine. Elle se faufila sans être remarquée à travers un groupe de gens qui palabraient, et elle fut tout de suite contre le dos du grand soldat. Celui-ci alluma sa pipe, posa le briquet, et aussitôt le briquet disparut. Une petite main était passée comme un papillon. Il avait semblé, tellement c'était rapide, que le briquet venait de s'enfoncer dans la table. Un des partenaires du grand soldat assista au phénomène et il crut rêver.

— Ton briquet, dit-il enfin.

Puis il vit la gamine qui s'esquivait le long du trottoir.

— C'est cette sacrée gamine.

Amélie avait tout de suite enfilé la rue de la Sorbonne, qui était à peu près déserte. Elle ne s'arrêta que dans la rue Cujas. Comme personne ne la poursuivait, elle continua lentement son chemin et enfin elle s'arrêta sous un bec de gaz. D'abord elle garda sa main fermée puis elle souleva un doigt, qu'elle baissa aussitôt. Au bout d'une minute elle ouvrit toute la main. Le briquet brillait comme un gros scarabée, si bien qu'Amélie fut obligée de fermer les yeux. Quand elle les rouvrit, elle regarda en l'air. Sous le bec de gaz, très haut, il y avait un visage paisible, mais terrible. C'était le visage du soldat.

— Rends-moi mon briquet, dit Pierre Cervier.

— Je l'ai trouvé, cria soudain Amélie. Il est à moi.

Pierre Cervier prit la petite par les épaules, et Amélie le griffa au visage. Il la souleva dans ses bras. Cela signifiait une affaire de tribunaux.

— Il est à moi, hurlait Amélie.

Personne ne passait dans la rue. Le visage de l'homme était tout près du visage de la petite fille. Elle savait qu'il y aurait une sacrée histoire, et qu'elle serait maudite, car elle ne pouvait résister à ce regard sévère. Mais le visage dit :

— Oui, le briquet est à toi.

Alors le monde changea soudain. Le trottoir, sali par la pluie, les nuages, les trompes des taxis, tout cela prit l'aspect d'une fête d'amour, et les bras de l'homme s'emplirent d'une force inimaginable. Quand la fille fut de nouveau sur le trottoir, elle dit poliment :

— Il faut que je vous rende le briquet ?

Mais l'homme ne voulut pas le reprendre, du moins à ce moment-là. Ils firent quelques pas, puis ils s'en allèrent manger des oranges au coin de la rue où il y avait un grand magasin. Après ils regardèrent ensemble des étalages, et Pierre Cervier voulut reconduire Amélie chez ses parents parce qu'elle était en retard.

Pierre Cervier avait à cette époque une trentaine d'années. C'était un homme froid et indifférent aux situations les plus diverses. Il y avait déjà de nombreux dissentiments entre lui et sa famille, car les capitaux qu'on lui confiait pour monter une petite industrie de mécanique il les employait à des recherches, à des bricolages, et il les dépensait aussi en voyages. Il avait une curiosité incorrigible, et se souciait peu de la richesse ou de la misère. En 1916 il fit la guerre dans l'aviation, avant de partir pour Salonique.

Quand il entra chez les Cravart, il ne parut nullement remarquer la situation médiocre de ces gens. Mme Cravart travaillait dans une usine de guerre, ce qui avait amélioré le train de vie de la famille, mais les difficultés restaient notables. Donc Pierre Cervier salua Mme Cravart avec conviction, et celle-ci, éblouie par l'uniforme de l'aviateur, ne put rien répondre.

— J'ai rencontré votre petite fille, au coin de la rue, dit Cervier. Nous avons bavardé, et comme je l'ai mise en retard, je suis venu l'excuser.

— Vous allez dîner avec nous, dit Mme Cravart.

Cervier réfléchit et répondit :

— Je dîne avec vous.

Amélie montra son briquet à Jacqueline dans le plus grand secret. Cervier, après avoir serré la main de Julien Cravart, toujours immobilisé dans son fauteuil, sortit soudain sans rien dire et s'en alla acheter du vin et des fruits. Quand il rentra, Mme Cravart, qui n'avait rien compris à son brusque départ, fut de nouveau si étonnée qu'elle ne trouva rien à dire. Enfin elle alla chercher Félix Payardel et l'on dîna dans la chambre de Cravart, sous le lustre récemment acheté. Cervier raconta ses voyages et ses projets comme s'il s'était trouvé au café, ou dans un compartiment de chemin de fer. Les Cravart ne purent se faire une idée très exacte de la situation sociale de Cervier. Ils retinrent surtout qu'il avait des yeux verts très aigus, et qu'il était originaire de Mâcon.

— Parlez-nous de l'Italie, disait Cravart. Parlez-nous de Marseille, du Jura.

Cervier conta de nombreux souvenirs. Il refusa simplement de faire la moindre allusion à la guerre.

Amélie et Jacqueline ne le quittaient pas des yeux. Il partit vers dix heures, assez brusquement.

Les Cravart ne devaient pas revoir Pierre Cervier avant longtemps. Ils pressaient souvent M. Payardel de prendre des informations à son sujet, et celui-ci, après maintes démarches à travers les administrations militaires, parvint à apprendre que Pierre Cervier avait déserté d'une façon assez étrange, afin de se rendre (prétendait-il), sur les champs de bataille des Balkans. Il était passé par l'Afrique, et finalement il se fit arrêter et subit une condamnation infamante. Lorsque les Cravart apprirent cette aventure, ils éprouvèrent une indignation vive, et soutinrent que Pierre Cervier était l'homme le plus estimable qu'on pût rencontrer.

Pendant dix ans et plus longtemps encore on parla assez souvent de Cervier. Le souvenir n'en fut jamais tout à fait effacé, bien qu'on eût subi diverses vicissitudes.

Il y eut la maladie de Mme Cravart, alors que les petites étaient à peine âgées de quatorze et quinze ans. Puis, comme Jacqueline allait sur dix-huit ans, on découvrit un beau jour qu'elle était enceinte. On réussit à la marier avec son amant, tout jeune lui aussi, mais cela causa des tracas et des frais. Il fallait aider le ménage qui vint habiter une chambre et une cuisine sur le même palier. Ce fut bientôt la naissance du petit Grégoire et l'on ne put rien faire pour redresser son pied déformé. Alors commença la période la plus sombre qu'eussent connue les Cravart.

Jérôme Veilloux, le mari de Jacqueline, se révéla inconstant et dépensier. C'était un gars tout à fait sympathique, mais on ne pouvait lui apprendre à rentrer tous les soirs à la maison. Amélie (qui travaillait dans une usine) et Mme Cravart cherchaient à combler le déficit du budget de Jacqueline. Avec pas mal de ruses on obtenait parfois de Veilloux une conduite assez raisonnable pendant une semaine ou deux, mais on ne faisait ni progrès, ni économies. Trois ans passèrent ainsi et, certain soir de juin, Amélie, sans que personne s'y attendît le moins du monde, prit une décision soudaine qu'on ne songea pas à discuter.

On était à table. Payardel dînait avec les Cravart, et il semblait qu'il y avait des siècles qu'on accomplissait ce rite. On entendait, à travers la cloison, Jacqueline qui querellait son mari, et celui-ci devait lui faire de brillantes promesses. Le tic-tac de la pendule menait son train. La soupe fumait.

Payardel se souvenait du temps où Amélie n'était pas plus haute que la cuisinière. Maintenant c'était une jeune fille nerveuse, au visage rayonnant de vie. On n'arrive pas à croire à ces transformations.

— Je m'en vais ce soir, dit Amélie.

— Où c'est que tu vas ? Pas au bal, je suppose.

— Je vais à Mâcon.

Il y eut un silence. Cravart regardait Amélie, et les yeux d'Amélie semblaient emplis de haine et d'espoir.

— Explique-nous, Amélie, dit Cravart.

— Il n'y a rien à expliquer. Je ne veux plus rester

à Paris. Jamais je ne suis sortie de Paris. Je veux m'en aller ailleurs.

— Ailleurs ? dit Cravart.

Mme Cravart servait la soupe. Elle répéta :

— Ailleurs ?

Il y avait bien deux ans (depuis le mariage de Jacqueline) qu'on n'avait plus parlé de quitter Paris et de trouver une situation à la campagne. Payardel pensait que c'était mieux ainsi, car toutes les combinaisons échafaudées par les Cravart échouaient l'une après l'autre. Dix fois, ils avaient failli déménager, et c'étaient des soucis inutiles.

— J'ai trouvé une place aux environs de Mâcon, dit Amélie. Vous viendrez me rejoindre à Mâcon plus tard.

— Ce n'est pas Dieu possible, dit Mme Héloïse. De quelle place s'agit-il ?

— Je serai servante chez un châtelain. C'est un ami de l'ingénieur qui dirige notre atelier. Le contremaître a parlé de moi à l'ingénieur.

— Il faudrait examiner la question, dit Cravart.

— Je m'en vais ce soir, dit Amélie.

— As-tu songé à tes bagages ? s'écria soudain Mme Cravart.

Ainsi se décida cette équipée, mais sans aucune des garanties qu'Amélie prétendait avoir. Les parents en cette circonstance manifestèrent une légèreté peu commune. Mais on agitait depuis si longtemps de vains projets que la seule idée d'un voyage immédiat éblouissait chacun. On ne voyait pas le moyen de discuter.

— A tout prix, il faut partir à tout prix, murmurait Mme Cravart sans même se rendre compte des mots qu'elle prononçait.

— Le train doit passer à travers des petites montagnes, un peu avant Dijon, dit enfin Cravart. Je ne sais pas s'il y a des sapins sur ces montagnes, mais tu traverseras aussi des prairies, comme j'en ai traversé quand j'étais coureur cycliste.

M. Payardel renonça à s'interposer quoiqu'il eût désiré demander à la jeune fille certaines précisions : le nom des gens chez qui elle se rendait, et, au moins, quelque lettre justifiant d'un engagement durable. Les Cravart s'en avisèrent seulement le lendemain, mais ils affirmaient que, de toute façon, Amélie saurait se débrouiller, et qu'elle n'avait pas l'habitude de faire des confidences.

La jeune fille partit ce soir-là, vers huit heures, après avoir embrassé sa sœur et le petit Grégoire. Une fois qu'elle se trouva dans la rue, elle fut un moment tout à fait étourdie, car il n'y avait rien de moins sûr que son voyage.

Chaque soir, à la sortie des ateliers, des ouvriers venaient rejoindre Amélie et quelques-unes de ses camarades. On bavardait le long d'une rue déserte qui filait à l'infini entre des chantiers.

— Tu viens avec moi, Amélie ; je vais à Mâcon la semaine prochaine, dit un ouvrier.

— Je vais avec toi, répondit Amélie sur le même ton de plaisanterie.

Alors le type expliqua que ce n'était pas de la blague, qu'il allait en vérité à Mâcon la semaine suivante, et qu'il était amoureux d'Amélie. La jeune fille le regarda avec défi et lui répéta qu'elle acceptait.

— Tu le jures ? dit Georges.

— Je le jure, dit Amélie.

Des camarades qui avaient entendu la conversation se moquèrent d'eux, et ils ne savaient plus eux-mêmes si c'était sérieux. Toutefois, le lendemain, comme Georges venait de quitter l'usine, ils se donnèrent rendez-vous à la gare de Lyon. Etait-ce une plaisanterie décidément ?

Amélie se rendit donc à la gare avec la mort dans l'âme et un ardent espoir. Elle trouva Georges dans la salle des pas perdus. Il voulut l'embrasser mais elle refusa.

— Alors, tu viens avec moi, dit Georges.

— Si tu me payes mon billet, dit Amélie.

— Qu'est-ce que tu feras à Mâcon ?

— J'aurai du travail et, là-bas, je t'aimerai tant que tu voudras.

L'ouvrier regardait autour de lui les allées et venues des voyageurs.

— Ça serait bien tout de même, dit-il.

Il regarda le doux visage d'Amélie. Ainsi ils partirent ensemble. Dans le compartiment, ils se serrèrent l'un contre l'autre et virent les lumières qui défilaient dans la nuit. D'abord on ne distinguait pas les paysages. Puis la lune se leva et il y eut les prairies, les ruisseaux et les bois. Les moissons encore vertes ressemblaient aussi à des prairies.

Le train entra dans la gare de Mâcon vers trois

heures du matin. Amélie et Georges se réveillèrent avec peine et sortirent de la gare en somnolant. Mais, aussitôt qu'ils eurent fait quelques pas dans une rue, le vent frais les ranima soudain, et ils virent avec plaisir les lampadaires qui se balançaient et les étoiles entre les toits.

— Tu sais où tu vas ? demanda Amélie.

— Bien sûr, je connais Mâcon. Il y a un hôtel à cent mètres d'ici.

— J'ai pas de quoi me payer une chambre, dit la jeune fille.

— C'est moi qui paie la chambre, dit Georges.

Amélie s'arrêta soudain, mais il la retint par le bras.

— Qu'est-ce qui te prend ?

La lumière d'une lampe flottait au-dessus d'eux. La rue était déserte. Georges considérait le visage d'Amélie et la jeune fille ne détourna pas les yeux :

— C'est simple, je ne veux pas coucher avec toi, dit-elle.

— C'est maintenant que tu le dis ? Tu m'avais promis...

Le ton du jeune homme était assez menaçant, quoique sa colère fût encore contenue. Il était indubitable que Georges jugeait Amélie digne d'être rossée et qu'il ne désirait pas, en tout cas, discuter longtemps.

— Je t'ai trompé, dit Amélie. Je voulais venir à Mâcon. Si tu ne l'as pas compris...

Georges sourit et se pencha vers elle pour l'embrasser. Amélie savait que la menace n'était pas exclue de cette gentillesse dédaigneuse, et elle fit semblant de céder. Elle sourit et, au moment où l'étreinte du garçon se faisait plus douce et où leurs deux visages étaient tout près, elle s'échappa dans une détente soudaine

Amélie courut, mais elle s'arrêta vingt pas plus loin. Elle tenait toujours à la main sa petite valise. Georges la regardait :

— Tu vas venir tout de suite, lui commanda-t-il.

— Je me tuerais plutôt ! lui cria Amélie.

— Tu crèveras dans la rue un de ces jours, dit Georges.

— Ne t'occupe pas de moi.

Puis elle s'en fut. Georges la suivit pendant quelques minutes, mais, comme ses appels demeuraient vains, il renonça.

— Je t'aimais, Amélie, disait-il.

Elle ne répondait pas. Une demi-heure plus tard, après avoir marché au hasard, elle s'allongea sur un banc. Puis l'aube vint, des passants commencèrent à circuler sur les trottoirs, et elle quitta son banc de peur que quelqu'un s'avisât de la questionner. Elle suivit des rues, traversa un faubourg et, au bout d'une demi-heure, elle se trouva en pleins champs, à ce moment où la lumière rendait les choses tout à fait distinctes.

C'était une petite route bordée d'herbes hautes. Amélie fut d'abord si étonnée par cette herbe qu'elle se mit à en considérer les détails, à la manière d'un jardinier. Elle avait déjà vu de l'herbe haute, quelques brins dans le square de Cluny, une vraie prairie, derrière les grilles de l'Observatoire, — jamais une telle profusion. Elle connaissait les renoncules et les marguerites, mais elle voyait ici bien d'autres fleurs qui ne ressemblaient même pas à des fleurs, plutôt à des dessins d'une finesse hallucinante. Les mouches déjà bourdonnaient.

Ensuite Amélie inspecta la route. Une carriole venue d'un chemin transversal s'éloignait dans un bruit de grelots. Le ciel était bleu. De chaque côté de la route, il y avait des champs de pommes de terre. La jeune fille prit la décision de traverser un de ces champs, et elle alla se coucher dans un fossé où elle dormit jusqu'à midi. Puis elle revint à Mâcon et elle se rendit au bureau de placement.

XIV

Payardel pouvait-il connaître tant de détails ? Cela semblait impossible. Toutefois, Colligant, qui posait de temps à autre quelques questions, constata que ce diable d'homme ne restait jamais à court de renseignements. Au contraire, il semblait choisir parmi des milliers d'autres.

— Je pourrais même vous décrire ce champ de pommes de terre, disait-il d'un ton froid, mais pour le moment il est question d'Amélie.

Et l'on reprenait l'histoire d'Amélie.

Elle avait dix-huit ans. Sans certificats de travail, sans aucune référence, il lui était difficile de trouver quelque engagement à Mâcon. Elle parla avec beaucoup d'obstination à la vieille demoiselle qui tenait les registres dans le bureau de placement.

— Je suis venue de Paris, disait-elle, parce que mes parents m'avaient envoyée chez une cousine qui habite les environs, mais je n'ai pas assez de force pour travailler dans une ferme, et je ne veux pas quitter la ferme sans avoir un autre travail. Ma cousine ne veut pas que je la quitte.

La demoiselle fit beaucoup de façons mais la voix d'Amélie était patiente vraiment :

— Ma cousine ne veut pas que je la quitte.

C'était comme une chanson.

— Je vais prendre votre nom, dit la demoiselle. Revenez cet après-midi.

Amélie déjeuna d'un morceau de pain, mais elle n'osa jamais revenir au bureau de placement. L'après-midi elle entra chez divers commerçants où elle bavarda, et demanda poliment si l'on aurait l'obligeance de lui indiquer quelque personne en quête d'une bonne.

— Je ne pouvais rester à Paris, à cause de ma santé, récitait Amélie. Mes parents ne voulaient pas que je m'en aille. On m'avait dit qu'à Mâcon je trouverais tout de suite...

Certains lui répondaient évasivement. D'autres l'envoyaient à des adresses lointaines, où on lui donnait parfois une nouvelle adresse. Cela dura trois jours. Amélie revenait chaque soir coucher dans le fossé entre le champ de pommes de terre et la prairie, et elle se nourrissait de pain et de quelques petites choses dérobées ici et là : conserves de piments, cubes de bouillon, débris de fromage ou brindilles de vermicelle attrapés au fond de quelque caisse. Le quatrième jour, comme tout semblait la décourager, elle entra dans un café où se pressait une foule assez nombreuse et elle écouta les conversations. C'était un jour de foire. Si par hasard quelque fermier parlait des difficultés de trouver une bonne, elle se présenterait, quoiqu'elle ne sût pas traire les vaches. Mais il est toujours agréable d'écouter, lorsque personne ne vous demande votre avis. On apprend des détails sur des vies inconnues, la joie d'un homme à repeindre les grilles de son portail, la maladie d'une tante prodigieusement riche ou pauvre. C'est ainsi qu'Amélie entendit le nom de Pierre Cervier.

Un maquignon et un autre homme, qui avait l'apparence d'un commerçant retiré des affaires, étaient accoudés au comptoir tout près d'Amélie.

— Je connais bien René Cervier, disait le maquignon, mais Pierre Cervier, je ne l'ai jamais rencontré.

Etait-ce un simple hasard qui avait conduit Amélie jusqu'à Mâcon ? Plus d'une fois elle avait eu l'occasion de suivre des gars qui voyageaient un peu partout, et qui, soudain lassés d'être ouvriers, se lançaient dans de légers commerces de savons ou de denrées alimentaires. Un type lui avait même offert de l'intéresser à son négoce. Etait-ce le nom de Mâcon qui l'avait décidée à suivre Georges ? Elle savait bien sûr, depuis des années, que la famille de Pierre Cervier se trouvait établie dans cette ville. Mais ce souvenir confus n'avait pas la moindre existence. Lorsque Amélie quitta la maison, ni elle-même ni ses parents n'avaient fait la moindre allusion à Pierre Cervier. En arrivant à Mâcon, Amélie ne songea pas à lui le moins du monde. Mais au moment où elle entendit prononcer son nom dans ce café, elle comprit que son image l'avait toujours hantée et sans doute conduite jusqu'ici. Pourquoi aurait-elle trompé le désir de Georges ? Pourquoi aurait-elle méprisé les secours de Georges ?

Qu'Amélie fût à Paris ou en tout autre lieu, qu'elle eût ou non un emploi, il n'y avait dans sa vie aucune différence notable. Mourir de faim ou travailler machinalement, c'était pour elle un résultat tout aussi banal. Elle aimait le travail machinal, elle aimait ne rien faire, mais pour peu qu'on l'eût laissée crever en paix, elle aurait encore trouvé cela dans l'ordre et presque merveilleux. Voilà pourquoi, en fin de compte, Amélie ne pouvait s'intéresser qu'à des espérances tout à fait impossibles et incroyables comme la rencontre de Pierre Cervier.

Elle sentit vivement toutes ces raisons, tandis qu'elle prêtait la plus grande attention à l'entretien des deux buveurs. A cette époque, n'importe quel habitué des cafés de Mâcon entendait à tout instant parler de Pierre Cervier. Il avait été propriétaire de deux salles de cinéma dans la ville et personne n'aurait oublié un ivrogne aussi distingué. Pas de café où il n'eût accompli, de temps à autre, en bonne compagnie, de notables exploits. Aucun garçon ne pouvait se dire son maître, car il ingurgitait avec le plus étonnant sang-froid des quantités invraisemblables d'alcools.

— Il n'est pas facile de rencontrer Pierre Cervier, disait l'homme cossu au maquignon. Mais j'ai entendu dire qu'on l'avait revu dans la contrée.

D'autres consommateurs vinrent se mêler à la conversation, et il fut établi que Pierre Cervier se trouvait alors en Indochine. Il était ouvrier ou directeur d'une grosse entreprise (on ne savait pas au juste, mais l'on pouvait parier qu'il n'occupait certainement pas une situation intermédiaire). Le patron du café prétendait que Pierre Cervier voyageait pour son plaisir.

— Quand je me trouvais au lycée avec lui, dit un barbu, il était déjà très dépensier.

— Voilà, c'est un homme qui dépense à tort et à travers, conclut le cafetier.

Amélie avait commandé une limonade. Elle la but d'un trait. Elle n'avait pas appris grand-chose sur Pierre Cervier, sinon que sa famille possédait une grosse fortune, qu'Hector Cervier, le père, était brasseur, et qu'il était mort depuis plusieurs années.

Ce soir-là encore, Amélie coucha dans les champs. Elle portait un long imperméable qui protégeait assez bien sa robe, et dès le premier soir elle était allée chercher des brassées de foin sec pour se protéger de la fraîcheur des nuits. Personne ne s'aperçut de sa présence dans le voisinage. Tout près il y avait un petit bois marécageux, infesté de moustiques. Amélie était dévorée par les moustiques, mais elle trouvait très beau ce paysage où elle venait se réfugier : la route blanche, le soleil brûlant dès l'aurore, les champs encadrés par ce bois, ces herbes et ces barbelés bourdonnants de mouches.

Le lendemain elle résolut de prendre quelques

renseignements sur Pierre Cervier. Dans une rue elle demanda l'adresse du brasseur Cervier. Après quelques insuccès, il se trouva une vieille dame bavarde pour lui indiquer le chemin. Cette dame assura toutefois que la brasserie avait été cédée et que la mère, Aline Cervier, habitait avec son fils René une ferme aux environs de Pondeuvre, non loin de Mâcon. Tout le monde savait cela !

— Je suis de passage à Mâcon et j'aurais voulu voir M. Pierre Cervier, dit Amélie.

La dame croisa les mains et baissa le nez.

— C'est un cousin de mes parents qui habitent Paris, dit encore Amélie.

— Pierre Cervier, Pierre Cervier, répétait la dame.

Puis, soudain :

— Eh bien ! je vais vous donner le vrai moyen de vous informer à son sujet, quoique je craigne fort qu'il soit bien loin d'ici. Allez jusqu'à l'auberge du *Stentor*. Les tenanciers qui sont d'honnêtes gens furent les meilleurs amis de Pierre. Il va toujours chez eux quand il revient d'un de ses voyages.

Amélie remercia et se rendit à l'auberge du *Stentor*. Une femme assez jeune l'accueillit.

— M. Pierre Cervier a écrit à mes parents, expliqua Amélie. Il leur a dit qu'il me procurerait une place et que je m'adresse à l'auberge du *Stentor* pour savoir où le trouver, parce qu'il ignorait encore s'il se rendrait auprès de son frère à Pondeuvre.

La tenancière parut très impressionnée par ces

détails précis, mais elle ne cacha pas son étonnement :

— Personne n'a de nouvelles de M. Pierre Cervier depuis qu'il est parti pour l'Indochine. Est-il donc revenu en France ?

— Sa lettre a été mise à la poste de Marseille. Il avait bien connu mes parents pendant la guerre, et il leur avait promis de s'occuper de moi. Nous pensions qu'il s'était souvenu de sa promesse.

La femme paraissait de plus en plus désorientée :

— Pierre Cervier n'a jamais tenu aucune promesse, déclara-t-elle. En ce moment il est aussi bien reparti pour l'Afrique ou pour n'importe quel autre endroit, s'il a trouvé une occasion.

Amélie écoutait passionnément. Elle entendait parler de Pierre Cervier et aucun autre événement n'aurait été pour elle aussi admirable. Maintenant il lui semblait revoir avec une netteté saisissante le visage oublié de Pierre Cervier. Oui, tous les gens aimaient Pierre. Amélie sentait les mots s'arrêter dans sa gorge, et elle éprouvait une joie infiniment paisible. Enfin l'aubergiste conclut :

— Vous pourriez rester avec nous un jour ou deux en attendant, mademoiselle...

— Amélie Cravart.

— En attendant Pierre Cervier, car vous êtes sans doute dans l'embarras.

— Je n'ai pas d'argent, dit Amélie.

La bonne femme haussa les épaules :

— Pierre est notre ami, et il nous a aidés à

acheter ce commerce. Je crois qu'il serait fâché d'apprendre que je ne vous suis pas venue en aide.

Ainsi Amélie demeura trois jours à l'auberge du *Stentor,* où elle eut tout loisir d'apprendre de nombreux détails sur la vie de Pierre Cervier. Elle passait beaucoup de temps à faire de nouvelles démarches pour trouver un emploi, mais elle prenait ses repas avec M. et Mme Trésinet, les propriétaires de l'auberge, après les avoir aidés à servir la petite clientèle de camionneurs et d'employés qui venaient déjeuner.

Cela se passait en 1924 et les Trésinet racontèrent surtout ce que Pierre avait fait depuis la guerre, après avoir mentionné sa désertion, rachetée par une conduite presque insensée sur les champs de bataille balkaniques. Lorsque la guerre fut finie, sa famille lui avait d'abord procuré quelques capitaux pour lui permettre de s'associer à une petite industrie de mécanique, mais il ne s'y intéressait que dans la mesure où il pouvait entreprendre des expériences coûteuses (il était ingénieur). Hector Cervier plaça donc quelque argent dans l'exploitation de deux cinémas et il se contenta de verser des mensualités à son fils. Celui-ci, après quelques voyages rapides en Europe, consentit à vivre à Mâcon de ces revenus, et c'est alors qu'il mena une vie d'ivrogne, sans cesser toutefois de s'intéresser à certaines études. Quelles études ? Les Trésinet ne savaient pas. Pour des gens quelque peu instruits, cela devait être très simple à expliquer, mais aux yeux des Trésinet et d'Amélie l'affaire demeurait absolument obscure. Tout ce que les Trésinet pouvaient affirmer c'est que Pierre Cervier venait chez eux dans l'arrière-salle pour écouter en paix les disques d'un phono qu'il leur laissait. Il possédait une quantité considérable de disques. Les Trésinet montrèrent ces disques à la jeune fille.

— Et puis, conclut Trésinet (c'était un homme pâle et doux), Hector Cervier, le père, est mort subitement, et Pierre Cervier partit pour l'Indochine, grâce à la fortune qu'il avait héritée.

Les Trésinet paraissaient affectés par ce départ comme s'il s'agissait d'un frère.

— La famille de Pierre Cervier, disait Mme Trésinet, est très heureuse de le savoir à tous les diables. René Cervier est maintenant un gros fermier, car il n'a pas perdu un centime de l'héritage, et Mme Aline se montre bien contente d'avoir un fils qui soit rangé.

Trésinet s'était rendu un jour à Champlevant pour demander quelques nouvelles de Pierre, mais on l'avait reçu comme un chien.

— Voilà pourquoi nous avons gardé le phono, les disques et quelques objets qu'il a laissés, conclut-il.

— Quelques objets, répéta Amélie.

Elle était sur le point de raconter dans quelles circonstances elle avait connu Pierre Cervier, et elle revoyait de plus en plus vivement l'image de ce soldat sarcastique auquel elle avait volé un briquet (depuis longtemps perdu). Mais Amélie avait pour règle de n'avouer jamais rien. Elle devait s'estimer heureuse d'avoir rencontré des gens assez naïfs pour la croire et pour l'héberger. Il fallait se taire, toujours se taire.

Mme Trésinet montra à la jeune fille une montre-bracelet, une canne et une cravate rouge et bleue. Amélie regardait ces choses avec avidité.

— Je comprends, dit Mme Trésinet. Nous ne pouvons voir la cravate sans éprouver un serrement de cœur.

— Est-ce que la montre marche ? demanda Amélie.

— Elle est cassée, lui dit-on.

Alors Amélie vivement, comme si elle avait peur des mots :

— Voulez-vous me confier la montre ? Je la ferai réparer.

On lui donna la montre, mais la jeune fille, de toute façon, était décidée à la voler.

— Vous la rendrez vous-même à Pierre Cervier.

Amélie dit (c'était le deuxième jour qu'elle était avec les Trésinet) :

— Il faut que je vous quitte. Je ne peux rester avec vous. Pierre Cervier ne viendra sûrement pas à Mâcon maintenant.

— On vous trouvera une place, dit Mme Trésinet. Bien sûr, c'est peu probable qu'il vienne à Mâcon, et s'il vous l'a écrit, cela ne signifie rien.

Amélie demeura encore un jour chez les Trésinet qui apprirent d'un client, jardinier au château de Charmes, que ses patrons cherchaient une bonne pour les enfants :

— Nous allons vous donner un certificat. Mais

nous gardons votre valise. Si vous n'obtenez rien vous resterez chez nous, jusqu'à ce que vous trouviez une place.

Ainsi, un dimanche, Amélie se rendit à pied au château de Charmes, où elle fut éconduite. En revenant elle passa le long de l'étang de Prêle, et s'amusa à cueillir des fleurs. Elle se trouvait dans un pays étranger, songeait-elle, dans une belle campagne, et cependant elle rentrait à la maison, et un de ces jours elle retrouverait sûrement Pierre Cervier. Il lui était nécessaire de le revoir, et cette nécessité semblait vaine et tragique.

Amélie s'assit d'abord sur le haut de la berge. Dans l'eau elle voyait de belles nuées d'orage, plus profondes encore qu'elles n'étaient au ciel. Longtemps la jeune fille demeura immobile à regarder l'eau éclatante. Puis elle cueillit des fleurs, n'importe quelles fleurs. Lorsqu'elle glissa et tomba dans l'étang, elle n'en fut nullement troublée. Elle se débattit en vain au milieu de la vase. Elle se reposait pour faire de nouvelles tentatives au moment où Morin vint à passer. Amélie ne songeait pas que cet homme pourrait s'intéresser à son sort.

Quand Amélie entra au service de Morin, elle fut contente simplement de montrer aux Trésinet qu'elle était une fille capable de travailler. Elle quitta les Trésinet sans leur parler de Pierre Cervier. En vérité elle ne devait désirer rien d'autre que l'apercevoir de loin une seule fois, mais ce désir léger faisait battre son cœur.

Toujours est-il qu'Amélie travailla chez Morin

avec diligence. Elle ne fut nullement choquée du désir que Morin manifesta de la prendre comme maîtresse, mais elle le repoussa avec une violence farouche. Lorsque Morin lui proposa de l'épouser elle ne supposa pas un instant que ce fût possible. Elle vit dans cette proposition je ne sais quel piège sournois, ou bien une moquerie. Bref, le projet de Morin n'entra jamais dans sa tête, et notre homme, en vérité, fut assez satisfait qu'elle n'eût pas accepté. Il déplorait son ancienne union avec Estelle Janicot, et il recherchait Amélie avec cette obstination machinale qui nous pousse à renouveler certaines erreurs dans l'espoir de les justifier.

La petite Irène avait alors six ans. Morin ne semblait guère aimer Irène, bien qu'il se préoccupât beaucoup de sa santé et de son bonheur. Il ne parvenait pas à croire qu'elle fût sa fille, mais en cela il avait peut-être tort. Le palefrenier qu'il soupçonnait d'avoir eu des relations avec Estelle Janicot ne fut jamais qu'un niais, incapable de la moindre hardiesse, tous les domestiques de la ferme l'auraient juré. Quoi qu'il en soit, la petite Irène ne souffrait pas des sentiments ambigus de Morin, mais elle était un peu désorientée et elle se montrait insupportable.

Amélie fut la première personne qui supporta les caprices d'Irène. Elle s'était si ardemment livrée, dans sa première jeunesse, à toutes sortes de défauts désagréables, qu'elle comprenait à merveille les lubies de la petite fille, et les considérait avec une tendresse radieuse. « Cela lui passera », disait-elle, et elle répétait à Morin que les enfants doivent délivrer leur tendre corps par toutes sortes de grimaces et de méchancetés.

— Quand on est gosse, on voit des choses que les autres ne voient jamais, répétait Amélie. On a peur d'une casserole, on déteste une porte, on a envie de manger de l'encre, monsieur Morin. On a la manie de regarder les gens dans les yeux et on regarde le soleil comme une idiote : c'est la nature, monsieur Morin.

Amélie disait souvent : « C'est la nature. » Cependant elle s'occupait activement d'Irène, l'habillait, la baignait avec soin, surveillait ses jeux, s'amusait avec elle et même lui apprit à lire.

Tous les jours, pendant la belle saison, Amélie se promenait avec Irène. Morin, qui craignait outre mesure que sa petite fille eût des accidents avec les chevaux ou tombât sur quelque herse, exigeait une surveillance continuelle. C'était lui-même qui avait institué ces promenades. Amélie et Irène découvrirent ensemble les beautés de la campagne, car elles en étaient à peu près au même point sur cette question. On cueillit des fleurs, on fit des ricochets dans l'eau des mares, on grimpa aux arbres, tandis que le soleil inondait les versants des collines.

Le soir, il fallait endormir la petite Irène, qui était toujours inquiète d'on ne savait quoi. Amélie chantait, mais Irène exigeait des histoires. Amélie, après avoir épuisé ses souvenirs de contes de fées, en vint à parler de Pierre Cervier. C'était un voyageur, disait Amélie, et il avait parcouru le Mexique, l'Abyssinie et la Chine. Pourquoi ces pays plutôt que d'autres, on l'ignorait. Cet homme cherchait quelque chose dans ces pays. Amélie croyait pouvoir affirmer qu'il s'agissait de mines. Des mines de quoi ? Pas de l'or, ni de l'argent, ni du plomb. Ça devait être plutôt du pétrole. Mais Pierre Cervier se moquait du pétrole, car il aimait surtout marcher à travers ces contrées lointaines et connaître les habitants, les arbres, les fleuves. Oui, il marchait toujours sous les forêts, et dans les savanes où la chaleur est écrasante. Parfois il s'arrêtait à l'ombre d'une cabane. Que faisait-il quand il s'arrêtait ? Il écoutait le bruit du vent à travers les paillotes, les chants d'une maman qui berçait un bébé, ou bien les proverbes d'un vieux sauvage aux yeux de feu. Puis il reprenait sa marche.

A cette époque, Morin était déjà en relations avec René Cervier. Ils se croyaient vaguement cousins parce que dans le domaine de Champlevant il y eut des terres qui furent vendues autrefois par des cousins de la famille Morin à des cousins des Cervier. En tout cas, Morin n'alla pas deux fois à Champlevant, pendant le temps qu'Amélie resta chez lui, et celle-ci n'entendit jamais parler de ces visites.

Amélie se rendait presque tous les mois à Mâcon, pour faire quelques courses. Morin la conduisait avec Irène dans sa voiture et, tandis qu'il allait au café, Amélie faisait le tour des boutiques, où elle choisissait les effets dont la petite fille avait besoin. Ensuite elles allaient ensemble à la gare. Elles regardaient les journaux illustrés, et Amélie ne manquait jamais d'en acheter deux ou trois. Finalement on rendait visite aux Trésinet qui leur offraient quelque limonade. Enfin on retrouvait Morin, et quand il avait achevé sa partie de cartes, c'était le retour dans la nuit d'hiver, ou bien dans la nuit pure de l'été à travers les chemins qui balançaient la vieille voiture.

Un jour, comme Amélie entrait avec Irène à l'auberge du *Stentor,* Mme Trésinet s'écria :

— M. Pierre Cervier est venu ce matin. Il est à peine resté une demi-heure, et nous savons seulement qu'il est parti pour Chalon où il avait un rendez-vous d'affaires.

Amélie fut bouleversée. Elle ne répondit pas. Elle s'assit avec la petite Irène sur la banquette du café. Ce ne fut qu'un peu plus tard qu'elle demanda des détails à Mme Trésinet :

— Lui avez-vous parlé de moi ?

— Bien sûr, et il se rappelle votre nom, mais il n'a rien compris à cette lettre qu'il aurait écrite de Marseille à vos parents. Bref, nous n'avons pas eu le temps de beaucoup parler à ce sujet, et maintenant que vous êtes casée...

— J'aurais voulu le voir, dit Amélie. D'où venait-il ?

— Il venait d'Indochine, mais il s'est arrêté en Italie. Il s'occupe de revendre des petits objets qu'il a achetés en Orient, et c'est pour cela qu'il se rend à Chalon chez un antiquaire de ses amis.

Le lendemain matin, Amélie se sauvait de la ferme de Charny, en emportant une petite somme d'argent.

XV

Amélie pensait rejoindre facilement Pierre Cervier. Elle ne savait en aucune façon ce qu'elle voulait de lui, mais une tendresse inconnue lui brûlait le sang. Elle projetait de revenir aussitôt chez Morin et de lui rembourser, comme elle le pourrait, l'argent qu'elle aurait dépensé.

Amélie ne put retrouver Pierre Cervier. Elle visita en vain les boutiques des antiquaires de Chalon, d'après les indications de Mme Trésinet. Un des marchands lui assura qu'il avait traité quelques affaires avec Cervier, mais que celui-ci était reparti pour Dole, où sans doute il devait poursuivre ses marchés.

Amélie se rendit à Dole. Ses recherches furent d'abord difficiles, mais un marchand de bric-à-brac, pour se débarrasser d'elle, l'envoya dans un hôtel où Cervier avait dit qu'il devait descendre. Quand Amélie entra dans la salle du café attenant à l'hôtel, elle fut soudain si épuisée qu'elle s'affala sur une banquette où elle demeura longtemps silencieuse. Enfin, elle se leva et s'approcha du comptoir.

— Je cherche M. Pierre Cervier, dit-elle. Il m'a donné rendez-vous ici.

Le patron du café, un gros type à l'air bonasse, lui fit signe de se taire, puis lorsque les autres clients du bar se furent éloignés, il déclara :

— Vous, la fille, vous êtes trop jeune pour vous occuper de telles affaires.

— Quelles affaires ?

L'homme regarda Amélie :

— Pierre Cervier a été arrêté pour trafic d'opium. Cela s'est passé sous mes yeux, dans mon hôtel, et j'ai failli être inquiété moi-même. Celui qui vous a envoyé ici est un mouchard.

Le cafetier refusa la monnaie que lui tendait Amélie pour payer son verre. Elle sortit :

— Il n'y a rien de plus injuste, murmurait-elle.

Elle s'aperçut que les passants la regardaient. Elle revint à la gare. Mais elle ne prit pas le train et elle eut l'audace de retourner à ce café pour supplier qu'on lui donnât encore quelques renseignements sur Pierre Cervier. Le tenancier parut sensible au désespoir d'Amélie :

— Soyez tranquille, répondit-il enfin. Il a échappé à la police, et il doit se cacher. C'est tout ce que je peux vous dire.

Amélie erra pendant deux jours dans la ville de Dole. Quand elle revint à Charny, elle n'avait plus d'argent, et Morin ne voulut pas écouter ses raisons. Que pouvait-elle dire ? Il la menaça et elle dut partir sans même revoir Irène. Elle était restée deux ans à Charny.

Amélie retourna à Mâcon, où elle mena pendant un mois une vie très difficile car elle n'osait plus se présenter chez les Trésinet. Elle trouva un emploi chez une marchande de poissons qu'elle aidait dans sa vente le mercredi et le vendredi. Elle réussit ainsi à vivre de harengs saurs et d'un peu de pain. Elle couchait dans un grenier. Enfin, elle prit un jour la décision d'entrer à l'auberge du *Stentor*. Elle avait d'abord flâné dans les rues pendant des heures, regardé les péniches sur la Saône et elle était passée par la gare, où elle avait considéré avidement les images de ces magazines qu'elle avait l'habitude d'acheter avec la petite Irène. Elle ne songeait nullement à sa misère présente, parce que cela avait été déjà si passionnant de vivre avec Irène.

Le soir venait, et déjà Mme Trésinet avait allumé l'ampoule du comptoir. A peine Amélie eut-elle franchi le seuil qu'elle aperçut Pierre Cervier. Ses souvenirs d'enfance ne pouvaient guère lui permettre de le reconnaître, mais elle sut tout de suite que c'était lui, l'homme aux cheveux blonds, accoudé au comptoir. Il parlait d'une voix égale et grave. Mme Trésinet écoutait sans rien dire, mais elle ne paraissait pas l'approuver. Amélie s'appuya sur une table et demeura immobile. Maintenant qu'elle avait vu Pierre Cervier elle éprouvait le violent désir de fuir dans la rue. Mais Mme Trésinet s'écria :

— Voici Amélie Cravart !

Pierre Cervier tourna la tête et regarda Amélie.

La jeune fille portait une simple robe de toile bleue. Elle avait laissé son imperméable et son sac chez la marchande de poissons, dans le grenier. Malgré des embarras nombreux, Amélie trouvait le moyen de faire chaque jour une toilette attentive, et quand elle le pouvait, elle allait assez loin le long de la Saône pour trouver une rive encombrée de joncs, où elle se baignait. Elle se fardait aussi légèrement, et, sans qu'elle s'en doutât, elle apparaissait dans cette jeunesse éclatante qui avait déjà séduit Morin. Mais à cet instant elle ignorait sa grâce, car elle regardait Pierre Cervier avec trop d'attention pour songer à elle-même. Il avait alors plus de quarante ans. Ses yeux et ses cheveux éclairaient vivement un visage assez laid. Les lèvres semblaient amères. Du moins Amélie le vit ainsi. Au moment où Pierre Cervier allait lui parler, elle recula vers la porte. Puis elle s'arrêta, le regarda encore, et soudain elle sortit et se mit à courir le long du trottoir. Pierre Cervier se retourna vers Mme Trésinet qui haussa les épaules.

Amélie suivit plusieurs rues. La nuit était tombée lorsqu'elle arriva au pont de la Saône. Elle s'accouda au parapet. Le ciel avait cette puissance bleue d'une nuit un peu méridionale, et les premières étoiles apparaissaient au fond de l'eau calme.

— Jamais, murmurait Amélie avec rage.

Lorsque Pierre Cervier l'eut rejointe, bien qu'elle ne s'attendît pas à ce qu'il la suivît, elle le regarda avec colère et lui répéta ce mot : *jamais*. L'homme ne manifesta aucune surprise et s'accouda paisiblement au parapet :

— Qui es-tu ? Amélie Cravart... je me souviens de ce nom mais pas d'autre chose.

Amélie écoutait ces paroles sans en comprendre le sens. Elle dit avec obstination :

— Je ne veux pas vous parler, jamais.

— Pourquoi cherchais-tu à me voir ? demanda Cervier.

Soudain il lui serra les épaules dans ses deux grandes mains :

— Raconte-moi.

Il y avait pour Amélie ce visage inconnu, le ciel tout autour, les lumières des maisons voisines, la douceur du vent chaud. Elle voulut se dégager. Il insista :

— Pourquoi cherchais-tu à me voir ?

Elle baissa la tête, puis soudain saisie d'une franchise brûlante, elle raconta comment elle était venue à Mâcon avec Georges, et comment elle s'était mis dans la tête de chercher Pierre Cervier dont ses parents parlaient encore de temps à autre avec une sorte de fidélité machinale.

— C'était un nom pour moi, dit Amélie. Je n'ai aucun souvenir de vous, et je me moque de vous. C'était machinal, voilà. J'ai appris que vous voyagiez et que vous étiez un ivrogne, et que vous vendiez de l'opium. J'avais besoin de vous voir. C'était machinal, laissez-moi tranquille.

Pierre Cervier ne lâchait pas les épaules d'Amélie qui continuait à parler :

— Oui, j'étais servante chez un fermier. Je l'ai volé et je suis partie pour vous voir, quand les Trésinet m'ont dit que vous étiez à Chalon, et je suis allée à Dole, et j'ai parlé à l'homme du café. Laissez-moi.

— Amélie Cravart, dit Pierre Cervier d'une voix égale, je me souviens maintenant. Tes parents habitaient dans la rue Sariette et il y avait un marchand de timbres qui a mangé avec nous.

Amélie regardait Cervier avec une fureur accrue :

— Vous n'auriez pas dû me demander...

Pierre Cervier relâcha son étreinte mais il prit Amélie par la main.

— Marchons un peu, dit-il.

Amélie cessa soudain toute résistance et lui obéit. Ils traversèrent le pont, puis ils se promenèrent le long de la Saône.

— Oui, je reviens d'Indochine, disait Cervier, et j'ai vendu un peu d'opium. J'ai échappé de justesse à la police.

— Cela m'est égal, disait Amélie.

— Cela m'est égal aussi, poursuivait Pierre Cervier.

Il raconta comment il avait organisé une exploitation minière en Orient. Il risqua dans cette affaire toute sa fortune et il réussit assez bien, mais il dépensa les bénéfices dans de nouveaux voyages. Il ne pouvait rester en aucun lieu. Il voulait connaître différents pays dont il se proposait de décrire les mœurs.

Pierre Cervier serrait la main d'Amélie. Ils s'arrêtèrent auprès d'un garde-fou. Elle le regarda :

— Vous n'avez jamais de repos, dit-elle.

La nuit était claire. Cervier embrassa Amélie, et ce fut ainsi que leur histoire commença. Cervier pria les Trésinet de loger la jeune fille dans une de leurs chambres, et la semaine suivante il l'emmenait à Paris. Ils se marièrent à Montreuil.

Pendant deux ans ils ne quittèrent pas la France quoiqu'ils aient changé souvent de domicile. Pierre Cervier travaillait pour un journal, et mettait à jour ses souvenirs de voyage. Ils séjournèrent en différentes villes où Cervier faisait des recherches dans les bibliothèques, visitait les musées, dessinait les sculptures des églises. Une vie de rêve pour Amélie. Daniel naquit à Autun.

Cependant Pierre Cervier voulut consacrer une partie de ses ressources à la famille Cravart. L'argent n'avait pour lui aucune valeur, et il ne calculait jamais ses dépenses. Amélie cherchait (mais pour lui seul) à sauver une partie des sommes qu'il dissipait, et de temps en temps, quand elle le voyait disposé à vendre un de ces objets précieux qu'il avait rapportés d'Orient, elle lui faisait le compte de ses économies.

Donc Pierre Cervier loua pour les Cravart une petite ferme dans la vallée de Mijoux et il acheta quelques bêtes. Jacqueline, dont le mari avait définitivement quitté le domicile conjugal, les rejoignit avec le petit Grégoire qui, malgré son pied bot, se montrait un garçon vaillant. Les Cravart furent d'abord si étonnés de se trouver au milieu de ces belles montagnes, qu'ils pouvaient à peine en supporter la vue. Ils s'ingénièrent à compliquer leur déménagement, et celui de leur fille. Ils avaient fait venir les meubles jusqu'à la gare de Saint-Claude, et ils allèrent les chercher avec une charrette. Il fallut trois voyages. Cravart, à demi couché dans la charrette, tenait les guides, tandis que Jacqueline et sa mère veillaient à serrer le frein et marchaient presque toujours derrière la voiture. Chaque voyage durait deux jours. On chargeait les meubles le soir, on dormait dans la charrette, et lorsque au retour Mme Cravart et Jacqueline descendaient Cravart de son siège, il hurlait de douleur. Mais il y avait les prairies, la ferme et le ciel.

Bref une vie nouvelle s'organisa. Chaque membre de la famille Cravart restait étonné d'avoir de quoi vivre, bien qu'à cette époque il fallût encore beaucoup ménager la dépense. Cravart tenait à rembourser tous les ans une petite somme à Pierre Cervier. Celui-ci vint bientôt d'ailleurs habiter avec Amélie et le petit Daniel non loin de la ferme des Cravart, dans un chalet situé sur les pentes dominant la combe, aux environs de Lajoux. C'est vers le même temps que Félix Payardel vendit son magasin et prit sa retraite, quoiqu'il ne cessât jamais tout à fait de s'occuper du commerce des timbres dont il avait amassé une collection assez riche. Il se logea d'abord à Lajoux dans un appartement, puis il acheta une maison presque en ruine sur la route de la forêt de la Frasse, en un lieu qui domine la vallée de la Valserine où vivaient les Cravart.

Daniel avait alors un an, et Amélie surveillait avec enchantement ses premiers pas dans ces magnifiques prairies qui, en juin, deviennent soudain éclatantes au milieu des sapins et des hêtres. Pierre Cervier poursuivait des travaux ou des études qu'Amélie ne comprenait pas très bien, mais assez souvent il partait seul dans la montagne où il demeurait des jours entiers. Il revenait au crépuscule, sans jamais rien dire au sujet de ses randonnées.

Deux ou trois fois par semaine, Pierre Cervier et Amélie se rendaient chez les Cravart. Grégoire, qui avait cinq ou six ans, jouait avec Daniel, qu'il promenait gravement dans la prairie. Mais Daniel jamais ne se souvint de ces jours, ni du ciel sur la combe, ni des fleurs qu'il arrachait à poignées. Ces jours-là existaient pourtant.

Amélie n'avait pas oublié son séjour à Charny, et bien que Daniel occupât toutes ses pensées, elle souhaitait revoir Irène. Pierre Cervier s'amusa d'un tel caprice, et il déclara qu'il était bien facile de la satisfaire. Irène était alors dans une pension à Lons-le-Saunier, où Morin l'avait placée, autant pour les bons soins et les études dont elle aurait l'avantage, que par un désir de l'éloigner de Charny où il vivait en proie à des regrets et à des doutes confus.

Ce fut Mme Cravart qui se chargea de faire auprès de Morin une démarche assez hasardeuse. Elle se présenta (coiffée d'un chapeau fantastique), comme une cousine germaine d'Estelle Janicot, la mère d'Irène, mais qu'une maladie de son mari avait longtemps retenue loin du pays. Morin trouva tout de suite l'histoire invraisemblable, mais sait-on jamais les complications de ces familles dispersées comme celle d'Estelle Janicot ? Morin posa des questions précises.

— Voici, dit Mme Cravart, la photo d'Estelle Janicot et celle de la petite Irène quand elle avait deux ans, et puis quand elle avait quatre et six ans. Je ne m'en sépare jamais et je voudrais bien voir ma petite cousine.

Morin resta perplexe. Estelle avait pu envoyer des photos autrefois à certaines parentes dont il avait presque oublié l'existence, et il ne se doutait guère que la dame les tenait d'Amélie. C'était un jeu pour Mme Cravart d'expliquer les ressorts multiples des alliances dans n'importe quelle famille :

— Si vous avez entendu parler du vieux père Gaétan Janicot qui tenait une ferme à Saint-Laurent, vous savez peut-être que sa sœur était mariée à un Janin de Longchaumois, et que leur fille s'établit à Paris. Je suis donc une Janin et cousine germaine d'Estelle la fille de Gaétan.

La plupart de ces détails étaient d'ailleurs assez exacts. Morin se montrait de plus en plus embarrassé :

— Irène n'est pas ici, dit-il enfin, mais à Lons-le-Saunier, dans une pension.

Mme Cravart n'en demandait pas plus. Elle quitta

Morin après lui avoir affirmé qu'elle irait voir Irène dans sa pension.

Ce fut Amélie qui rendit visite à Irène, et la petite fille, qui avait alors une dizaine d'années, éprouva une très grande joie de retrouver la servante. Amélie avait remplacé la maman et toujours satisfait les désirs d'Irène au-delà de ce qu'un enfant peut rêver. Elles se rappelèrent ensemble leurs promenades.

— Mais qu'as-tu fait depuis ce temps, Amélie ? demandait Irène. Où es-tu employée, maintenant ? Es-tu heureuse ? Ne me quitte pas. Je m'ennuie. La pension est triste. Charny est triste aussi. Je ne connais personne. Ne me quitte pas.

C'est ainsi qu'Irène finit par écrire à Morin qu'elle désirait passer une partie des vacances chez une certaine cousine d'Estelle Janicot, non sans fournir des détails, trop nombreux sans doute, sur ladite cousine. Elle donna à Mme Cravart le nom de Janin qui était aussi celui d'une dame de Mijoux. Ce fut cette combinaison naïve qui enchanta Amélie, Irène et Jacqueline. Pierre Cervier aurait voulu lui-même aller trouver Morin et lui exposer le désir d'Amélie, mais on jugea que c'était bien trop simple et d'ailleurs plus risqué, car Pierre Cervier n'avait pas une réputation à toute épreuve.

Morin refusa d'abord d'accéder au désir d'Irène, et celle-ci passa quinze jours de vacances à Charny, sans bouger de sa chambre. Aux repas elle ne desserrait pas les lèvres. En vain Morin lui parlait d'acheter un cheval et de la mettre en relations avec les demoiselles d'un fermier voisin. Il dut céder.

Mme Cravart, mandée par une lettre adressée à cette dame de Mijoux, vint jouer une nouvelle comédie, à peu près inutile, et elle emmena Irène dans la montagne pour un mois.

— L'air de la montagne... monsieur Morin, répétait Mme Cravart.

Morin haussait les épaules. Il gardait en lui un doute profond. Il avait l'impression que Mme Cravart n'était pas une cousine d'Estelle Janicot, et il supposa qu'il avait affaire à une parente de ce palefrenier qui fut un peu son rival. Il n'osa jamais se rendre avec Irène dans le Jura par crainte de vérifier ce soupçon insensé. Ainsi les hommes les plus graves sont égarés comme des enfants, surtout lorsqu'ils ont eu dans leur jeunesse une conduite mal assurée. Jamais Morin ne songea, dans cette affaire, à Amélie Cravart, dont il avait appris pourtant le mariage avec Pierre Cervier. Il voyait, de temps à autre, René Cervier, et celui-ci l'avait mis au courant du mariage de son frère qu'il avait d'ailleurs perdu de vue.

XVI

Félix Payardel fut vraiment un témoin minutieux. Il connaissait dans le détail les aventures d'Amélie et ses premières rencontres, pour avoir entendu maintes fois ces histoires contées toujours d'une façon différente par Mme Cravart.

— Je vous en prie, monsieur Colligant, se plaisait-il à répéter, si vous croyez que le moindre fait que je vous rapporte est inexact, démontrez-moi le contraire. Alors vous constaterez qu'il était impossible que rien fût autrement.

Colligant voyait, dans le cadre de la fenêtre ouverte, le soleil qui se jouait sur la prairie, et l'ombre du bois de plus en plus longue et douce au flanc des pentes.

En tout cas, Payardel assista à chacune des discussions qui concernaient Irène. Il vit Irène descendre avec Mme Cravart de l'autobus de Saint-Claude, un soir de juillet. Elle se jeta dans les bras d'Amélie qui l'attendait à la station. Pierre Cervier tenait à la main le petit Daniel et il vint aussi embrasser Irène.

Tout le monde fut bientôt réuni dans la grande cuisine des Cravart. Jacqueline et Grégoire se trouvaient là. Grégoire osait à peine lever les yeux sur Irène. Il avait sept ans.

On bavarda autour de la table, tandis que les cloches des vaches s'entendaient au loin dans la montagne. Mais, ce soir-là, il n'y eut que des paroles un peu timides et sans éclat, parce qu'on craignait qu'Irène fût un peu désorientée. Vers onze heures, Payardel et les Cervier regagnèrent ensemble leurs maisons sur la hauteur par la route de Lajoux. Pierre Cervier portait Daniel dans ses bras. C'était un fardeau dont il semblait à peine conscient. Il s'attardait à regarder les crêtes montagneuses sous les étoiles et il nommait les lieux à Irène. Il y avait, derrière eux, la route de la Faucille sur l'autre versant de la combe, et, vers le sud-est, les courbes dénudées des Crêts, exposées aux lueurs du firmament. Soudain, Pierre Cervier dit :

— J'ai bien couru le monde, mais jamais je n'ai vu la Croix du Sud.

Amélie tenait Irène par la main. Félix Payardel lui décrivit et lui promit des séries fameuses de timbres. Les pas sonnaient sur la route, dans un air si pur qu'on aurait cru qu'il allait geler.

Il y eut ainsi un heureux long mois d'été. Très souvent, on se réunissait chez les Cravart, que Pierre Cervier et Payardel aidèrent dans leur fenaison.

La petite ferme des Cravart était bâtie sur un léger penchant, au-dessus du ruisselet de la Valserine, à une petite distance de Mijoux. La maison s'ouvrait sur un terre-plein où l'on empilait le bois de hêtre pour l'hiver. Deux bouleaux s'y dressaient, et l'on venait s'asseoir sur les bancs, après le repas de midi, en attendant de reprendre le travail. On voyait, le long de la combe, sous les pentes des Crêts, la route capricieuse et lente comme une route de plaine. Par endroits, elle entrait sous un bois, ou grimpait sur un éperon, puis elle reparaissait dans le lointain de plus en plus indécise. Pierre Cervier, lorsqu'on se réunissait ainsi sur le terre-plein, ne quittait pas cette route des yeux, et chacun finissait par la regarder qui fuyait à travers les herbages.

Cervier s'était mis à parler plus librement. Il racontait ses voyages et répondait aux questions qu'on lui posait. Oui, il y avait surtout la mer (que ni les Cravart ni Payardel n'avaient vue), mais Pierre Cervier se bornait à dire les noms des ports. Quand il en venait à mentionner l'Inde ou quelque autre contrée asiatique, c'était encore des noms : villes, arbres, fleuves, animaux. Il détaillait des itinéraires. Il y avait la rencontre de l'homme avec lequel on échange quelques mots, justement ces mots et pas d'autres : — l'homme indien, l'homme chinois ou mongol. Souvent, Pierre désignait la route de la combe, comme si tout cela était au bout, et pas très loin : palmiers, chacals, pèlerins patients et diserts.

On écoutait, et on regardait la route, sous les

Crêts, puis on reprenait le travail. Ainsi l'été passait. Irène et Grégoire jouaient sur les tas de foin, mais parfois ils se sauvaient ensemble, très loin dans la campagne. Grégoire ne manquait pas d'aller retrouver Irène lorsque Cervier et Amélie étaient restés à la maison. Ils promenaient le petit Daniel (comment celui-ci s'en serait-il souvenu ?). Le plus souvent, ils gagnaient le couvert de la forêt à la recherche des myrtilles et des framboises qui commençaient à mûrir en cette fin de juillet.

La forêt de la Frasse est limitée au sud par le chemin de Lamoura, mais, au-delà de ce chemin, une autre forêt recommence toute semblable, qui descend jusqu'à Morez. Des fleurs éclatent par endroits dans les éclaircies des sapins, érines, roses, lourds adénostyles et mulgédies. Irène et Grégoire ignoraient les noms de ces fleurs qui leur servaient de points de repère dans la forêt sombre.

Ce fut l'hiver suivant, un jour de neige, qu'Amélie tomba morte sur un trottoir de Lons-le-Saunier, alors qu'elle allait voir Irène dans sa pension. Un effrayant malheur. Irène ne l'apprit pas tout de suite. Les Cravart supportèrent le deuil avec cette patience qui était à jamais entrée dans leur cœur depuis des années. Mais Pierre Cervier se montra terriblement silencieux. Il vécut quelque temps chez les Cravart qui prenaient soin de Daniel, puis, un soir de mars, alors que le temps s'était un peu adouci, il partit avec l'enfant. Quelques jours auparavant il était allé dans son chalet chercher quelques objets, et puis, sans prévenir personne (le père Cravart dormait dans l'alcôve, la mère et le commis trayaient les vaches), il sortit avec Daniel.

Quand la mère Cravart revint dans la cuisine, elle dit :

— Où est donc Daniel ?

Cravart s'était réveillé :

— Il est là, Daniel.

On chercha vainement. La chambre de Pierre Cervier était en désordre. Mme Cravart redescendit à la cuisine. Elle ouvrit machinalement l'armoire :

— Mon Dieu ! Tous les effets de Daniel ont disparu ! s'écria-t-elle.

— Qu'est-ce que tu chantes ? dit Cravart.

— Quoi, tu n'as pas entendu qu'on ouvrait l'armoire ? Mon Dieu, ils sont partis !

— Qui donc est parti ? s'obstinait Cravart.

Mme Cravart sortit. La neige fondait. Elle s'informa aux environs de la station de l'autocar. Quelqu'un lui répondit que, certainement, Pierre Cervier et Daniel n'étaient pas montés dans l'autocar. Mme Cravart envoya le commis chez Payardel. Que pouvait faire ou dire Payardel ? Sans aucun doute Cervier était parti par la route de la combe.

— Jusqu'où doit-il marcher pour trouver un autocar ?

— Peut-être jusqu'à Lelex ! disait Payardel.

La mère Cravart renonça à poursuivre des recherches qu'elle jugeait vaines. Pierre Cervier était déterminé à faire un nouveau voyage, et rien ne l'empêcherait. Mais il avait emmené Daniel. Comment le soignerait-il ?

— Je me demande si je dois souhaiter qu'il se remarie, disait la mère Cravart le lendemain matin.

La neige continuait à fondre. La route devenait sombre à travers les champs blancs, les bouleaux et les sorbiers.

Ce fut trois ans plus tard que René Cervier retrouva à Marseille son frère et Daniel, qui mouraient presque de faim. Pierre Cervier avait repris ses trafics licites ou scandaleux. Il vendit d'abord ce qui lui restait des bibelots qu'il avait rapportés d'Orient, puis il se proposa de réunir une collection de gravures et d'instruments de musique anciens. Il parcourut l'Autriche et l'Italie, et il fit certes d'heureux achats. Toutefois, il ne réalisa nullement les bénéfices qu'il escomptait, parce qu'il fut obligé de revendre ses acquisitions à vil prix. Il dut rembourser des emprunts que lui avait consentis un antiquaire de Marseille et il risqua encore un peu d'argent dans une petite affaire d'opium. Il fut traqué par la police à laquelle il réussit encore à échapper, mais il se vit abandonné de ses complices, et cette fois tout à fait ruiné. La maladie l'empêcha de s'embaucher comme simple ouvrier dans quelque entreprise, ainsi qu'il aurait voulu le faire. Il eut le tort de n'informer ni son frère ni les Cravart de sa situation, et de ne pas assez se préoccuper de Daniel. Il croyait que ses forces se rétabliraient rapidement et qu'il pourrait reprendre la lutte contre les nécessités ordinaires dont il ne s'étonnait jamais.

A aucun moment le sort de Daniel n'avait été très

enviable, depuis que Pierre Cervier avait pris la brusque décision de quitter le Jura. Le tout jeune enfant était confié à des commères, et celles-ci le soignaient sans grande attention, tandis que le père faisait des démarches qui nécessitaient parfois une absence de deux ou trois semaines. On logeait aussi dans des garnis douteux et l'on mangeait n'importe quoi. Mais Pierre Cervier ne songea pas à se séparer de Daniel avant le jour où son frère vint le surprendre à Marseille.

C'était sans doute la logeuse qui avait prévenu René Cervier.

Celui-ci arriva un dimanche soir. Il manda un médecin et il prit les dispositions que l'on sait. Pierre Cervier, en proie à une fièvre intense, ne répondit à aucune des questions qui lui furent posées. René apprit seulement la mort d'Amélie. Il ne connut rien des relations de son frère avec les Cravart. Il lui proposa en vain, une fois de plus, un emploi de chef de culture dans le domaine de Champlevant.

René Cervier quitta Marseille avec Daniel. Pierre était à peine rétabli qu'il revint à Paris où il réussit à faire fructifier la somme d'argent qu'on lui avait laissée. Puis il partit pour l'Afrique. Depuis ce temps, il parvint à éviter la misère, mais il se trouva souvent dans des situations périlleuses. Il était homme à faire cent lieues sous le simple prétexte d'aller boire un bock ou de rencontrer une fille dans quelque auberge perdue, que ce fût en Autriche, en Angleterre ou même en France. Il dut encore amasser de nombreuses connaissances parfaitement inutiles et excellentes. Les Cravart en jugeaient ainsi et ils ne cessaient de tenir Pierre Cervier pour un homme savant et sage.

La vie des Cravart n'avait pas changé. Il fut très difficile d'apprendre à Irène la mort d'Amélie. L'été suivant, Mme Cravart demanda encore à Morin de lui confier sa fille pour un mois de vacances. De plus en plus, Morin redoutait d'apprendre qu'Irène se rendait chez l'homme qu'il soupçonnait (avec un entêtement monotone) d'avoir été l'amant d'Estelle Janicot. Cette idée ne le quittait plus, et elle était nourrie par les mensonges de Mme Cravart que Morin considérait d'ailleurs comme une honnête femme. Mme Cravart se croyait très habile, et Morin, de son côté, s'enchantait amèrement de sa propre perspicacité. Ils eurent des entretiens pleins de sous-entendus, car Mme Cravart ne fut pas sans faire des allusions à sa fille Amélie qui avait habité Charny, tandis que Morin pensait à Estelle Janicot. Tant de mensonges créèrent entre eux une sympathie innocente.

Après la mort d'Amélie, Irène passa dans le Jura un bel été tragique et paisible. On lui apprit cette mort le lendemain de son arrivée à Mijoux. Elle accepta le fait sans bien comprendre. Elle retrouva Grégoire. En vérité, ils firent de bonnes parties, et se payèrent des randonnées fameuses dans la montagne. Mais, sans se l'avouer, ils cherchaient partout Amélie, Daniel et Pierre Cervier. Il leur arrivait de s'arrêter brusquement dans leurs jeux, lorsqu'ils avaient tracé (comme cela arrivait presque chaque jour) un jeu de marelle sur le goudron de la route. Alors, ils se regardaient et ils écoutaient. C'était une idée furtive et cela ne comptait pas. Mais il y avait soudain, dans le soleil, la mort d'Amélie, l'absence interminable de Pierre, et aussi le petit enfant qui avait à peine existé pour eux et qui s'appelait Daniel. Ni Grégoire ni Irène ne purent jamais prononcer un mot à ce sujet. A maintes reprises, ils entendirent les Cravart échanger des phrases qu'ils ne comprenaient guère, mais qui répondaient à leurs incertitudes puériles.

— On dirait qu'Amélie est partie aussi sur la route comme Pierre Cervier, disait Cravart.

— Qui partira, maintenant ? disait Mme Cravart.

Ce fut le tour de Jacqueline. Bien des années passèrent encore, et l'on apprit un jour que son mari (qui n'avait pas quitté Paris) s'était noyé dans la Seine en prenant un bain, après avoir bu outre mesure. Jacqueline ne parut pas très retournée par sa nouvelle situation de veuve. Elle continua à faire des travaux de couture chez une dame de Septmoncel. Enfin, elle rencontra je ne sais quel gaillard qui s'amouracha de ses beaux yeux. Elle l'épousa sans faire de façons et elle quitta le pays. Comme son nouveau mari refusait de s'intéresser à Grégoire, le jeune homme (il avait dix-huit ans à cette époque) s'engagea comme ouvrier à la fruiterie de Prémanon. Ce n'était pas une situation brillante, mais il préférait vivre dans l'indépendance, et il ne rendit plus que de rares visites à ses grands-parents.

Au cours des années Irène était venue presque chaque été passer une huitaine de jours chez les Cravart. Morin ne se soucia jamais de l'accompagner, quoiqu'elle l'eût finalement engagé à le faire. En vieillissant, il devenait de plus en plus indifférent à tout ce qui échappait à ses occupations habituelles. Il avait finalement admis, avec une indulgence agréable, qu'Irène se plaisait à changer d'air. Entre Irène et lui il n'existait aucune confiance. C'était ainsi.

Les séjours d'Irène dans le Jura ne ressemblèrent plus jamais aux premières vacances qu'elle y avait passées. D'ailleurs, lorsque Grégoire eut quitté l'école primaire, il dut travailler dans les champs et il n'avait plus le loisir de faire des promenades avec Irène. La jeune fille était un peu plus âgée que lui. Il la considérait comme une simple passante, et elle ne lui prêtait aucune attention particulière. L'établissement de Grégoire à Prémanon consacra cet oubli. En outre, la guerre éclata. Une prospérité nouvelle régna dans les cultures, et Irène prit l'apparence d'une fille de seigneur.

Le seul événement qui rattacha Irène aux souvenirs du temps d'Amélie fut la présence de Daniel à Champlevant. Elle l'avait revu dès 1935, deux ans après qu'il fut accueilli à la ferme, lorsque les relations entre René Cervier et Morin devinrent régulières. Irène, qui avait alors à peine quinze ans, eut une grande joie de retrouver Daniel. Elle profitait de toutes les occasions pour se rendre à Champlevant, mais Daniel ne lui montra pas beaucoup d'amitié. Pourquoi se serait-il intéressé à elle ? Les jours où Irène l'avait promené dans les prairies de Lajoux, étaient des jours tout à fait morts. Néanmoins, il arrivait souvent que Daniel fixait sur le visage d'Irène des regards qui interrogeaient, et il ne pouvait comprendre cette sorte d'angoisse enchantée dont son cœur était soudain gonflé. Comme il le disait à Colligant, Irène c'était une fille butée et idiote qui faisait des mystères de rien.

Ainsi les événements vont leur cours. René Cervier fut mobilisé en 1939, mais il revint sans dommage à la maison. Daniel commença ses études au collège. Irène continua à se rendre chez les Cravart, lorsqu'elle pouvait se procurer des sauf-conduits. Tout cela, malgré les deuils, les caprices des uns et des autres, serait demeuré dans une sorte de paix, si Pierre Cervier n'était venu un jour trouver Grégoire à Prémanon.

Pendant la guerre, Pierre Cervier dut jouer son rôle de risque-tout qui ne tire jamais aucun bénéfice raisonnable des situations où il s'engage. Mais ces bouleversements vous laissent surpris de poursuivre, sans qu'on s'en lasse, les mêmes coutumes banales dont la signification semble soudain infinie. Quoi qu'il en soit, en 1945, Pierre Cervier se trouva en France vers le mois de juin, avec une nouvelle collection d'objets (africains, cette fois), et il avait pu reconstituer un médiocre capital. Il était passé par Mâcon, où il pria les Trésinet de s'informer des conditions dans lesquelles Daniel vivait à Champlevant. Le jeune homme était déjà établi à la ferme, où il passait une partie de son temps à courir les champs sur un cheval et il avait depuis longtemps soupçonné que René Cervier le trompait au sujet de son père. Les Trésinet rapportèrent que Daniel avait un sort tout à fait enviable. Pierre Cervier, qui ne tenait pas du tout à se présenter chez son frère, résolut de rester dans l'ombre et de laisser Daniel à sa bonne fortune. Depuis cette aventure de Marseille, il ne songeait plus à emmener Daniel, et, lui-même, bien qu'il eût plus de cinquante ans, ne pourrait passer sa vie à tourner en rond dans le terroir d'une ferme. Daniel n'aurait sans doute jamais toléré que son père renonçât à ses vagabondages pour accepter une situation médiocre. Pierre Cervier n'oubliait pas dame Aline, sa mère, mais, entre eux, la séparation était aussi une nécessité.

Trésinet s'était rendu à Champlevant sous le prétexte de prendre quelques informations au sujet d'un charretier qui avait été employé autrefois à la ferme et qui, dans la suite, fréquenta l'auberge du *Stentor*. Trésinet eut un bref entretien avec René Cervier et il aperçut Daniel dans la cour. Puis il alla trouver un ouvrier auprès duquel il obtint certains détails complémentaires sur Champlevant. C'était Merval, et celui-ci mit beaucoup de complaisance dans ses bavardages. Certes, Daniel (selon Merval) vivait comme un prince, et Champlevant était une des maisons les plus huppées de la région. Tous les dimanches, pendant l'hiver, on y recevait une compagnie nombreuse. Il y avait Sièvre et Facailleux, qu'on disait marquis, Mme Choivant, la vigneronne, les Chabet, ces gros marchands de Chalon, qui régnaient sur toute l'épicerie, de Digoin à Besançon. Merval mentionna aussi les Morin, quoique ce fussent de petites gens. Irène Morin montait à cheval d'une façon remarquable.

— C'est pour vous dire, monsieur Trésinet, qu'on ne songe ici qu'à vivre bien et honnêtement. Adolphe, votre charretier, a eu grand tort de quitter une si bonne maison.

Trésinet rapporta fidèlement ces détails (et bien d'autres). Pierre Cervier prêta beaucoup d'attention aux noms des hôtes de Champlevant. Il fut très surpris par celui d'Irène Morin qui lui était si familier, et qui lui rappela vivement le souvenir d'Amélie. Il se rendit, quelques jours plus tard dans le Jura, à Lajoux, où était la tombe d'Amélie. Il s'informa des Cravart. On lui apprit que Jacqueline, la fille des Cravart, était remariée, et que Grégoire travaillait à Prémanon chez le fruitier. Pierre Cervier renonça à rendre visite aux Cravart, mais il entra chez Grégoire, en passant à Prémanon pour gagner Morez, où il comptait reprendre le train.

C'était le soir. Les rues du village semblaient aussi désertes que les grandes prairies où l'on n'avait pas encore porté la faux. Cervier frappa à une porte, et on lui indiqua une masure solitaire à l'extrémité du village. Grégoire Veilloux y vivait seul et, quand il revenait de la fruiterie, il se contentait de manger du pain et du fromage, avant de dormir sur un lit de camp dressé dans l'angle d'une vaste cuisine, à côté du poêle. Malgré son infirmité, Grégoire paraissait doué d'une force peu commune, assez brutale même, semblait-il, et Pierre Cervier, lorsqu'il entra dans cette cuisine, demeura quelques instants à le considérer avant de lui adresser la parole. Un chien danois, qui dormait sur des guenilles, s'était dressé soudain.

— Tu as un chien magnifique, dit Pierre Cervier.

Grégoire ne répondit pas. Il fixait sur l'étranger un regard hostile.

— Tu m'as sans doute oublié, continua Cervier.

Grégoire haussa les épaules. Il ne reconnut pas le visiteur avant que celui-ci se fût nommé. Alors il le pria de s'asseoir. Le chien retourna à ses guenilles.

— Pierre Cervier, murmura Grégoire. Mes grands-parents, les Cravart, ne cessent de parler de vous.

Grégoire remit des brindilles dans le poêle.

— Je suis venu te souhaiter le bonjour en passant, reprit Cervier, mais je ne reste pas plus de deux minutes. Il se fait tard et il y a dix kilomètres d'ici à Morez.

Grégoire le regarda :

— Vous ne pouvez partir ainsi. J'ai une chambre confortable : vous y passerez la nuit.

Grégoire ouvrit une porte et le pria de venir voir la chambre qui était en effet très bien meublée et soigneusement entretenue.

— Moi, je préfère coucher dans la cuisine, expliqua Grégoire.

Pierre Cervier dut cependant accepter de dîner

avec Grégoire qui fit simplement réchauffer une soupe maigre, et plaça sur la table du pain et du fromage. Les deux convives n'échangèrent pas trois mots dans l'heure qui suivit. On entendait les cloches des vaches, et quelques pas très rares le long de la rue. La fenêtre encadrait le ciel étoilé. Enfin le silence rendit évident ce fait que Grégoire et Pierre Cervier avaient une question à débattre, sans soupçonner de quoi il s'agissait. Ce fut Pierre Cervier qui déclencha l'explication, comme Grégoire venait de servir le café.

— J'ai visité la tombe d'Amélie, dit Cervier. Les temps ont changé. Autrefois, il y avait aussi ta maman, le petit Daniel, et Irène...

— Irène Morin, répéta Grégoire.

Il se tut, puis soudain :

— Daniel est chez son oncle, je le sais, et Irène Morin vit à la ferme de Charny, mais elle va presque toutes les semaines à Champlevant, cela je le sais aussi.

— Que veux-tu dire ? demanda Cervier. Il n'y a rien d'étonnant...

— J'aurais voulu épouser Irène Morin, dit Grégoire, mais elle m'a oublié et, d'ailleurs, comment l'épouser si elle doit s'assurer un avenir confortable ?

Pierre Cervier demanda pourquoi Grégoire lui faisait cet aveu.

— J'ai en vous une confiance infinie, répondit Grégoire, comme mes grands-parents, comme

Amélie et Irène Morin aussi. Mais ne pensez plus à ce que je viens de vous dire.

Pierre Cervier alluma une cigarette et il réfléchit :

— Nous irons ensemble rendre visite à Irène Morin, dit-il. Irène pourrait me donner de temps à autre des nouvelles de Daniel, et toi tu me transmettrais ces nouvelles, parce que je ne veux pas que Daniel connaisse mon adresse, ni ma situation qui ne sera jamais tout à fait honorable.

— Ne parlez pas ainsi ! s'écria Grégoire. Mais votre idée me semble bonne. Il faut que je revoie Irène et que vous ayez des nouvelles de Daniel.

Ils n'en dirent pas plus long sur ce sujet. Ils se mirent à parler des changements survenus depuis la guerre dans la région, de la forêt, des champignons qu'on y trouve. La forêt commençait à cent pas de la maison de Grégoire, et l'on entendait, par instants, le long souffle du vent dans les sapins. Vers minuit, Pierre Cervier voulut partir, et il quitta Grégoire sans que l'un ou l'autre eût reparlé de leurs projets communs.

XVII

C'est avec une sorte de passion que Payardel reconstitua l'entretien entre Pierre Cervier et Grégoire. Longtemps, il en débattit les termes et il expliqua à Colligant la gravité des paroles qui avaient été prononcées. Colligant l'écoutait avec attention, mais cela ne lui parut ni plus ni moins intéressant que n'importe quel autre fait, que ce fût la couleur des cheveux d'Amélie, le nom des fleurs qu'Irène cueillait pour le petit Daniel autrefois ou le simple sourire, toujours pareil, de la jeune fille.

— A la fin de l'été, si je suis suffisamment rétabli, disait Colligant à Payardel, j'irai au bord de la mer. Je désire m'entraîner à nager le crawl.

— Qui vous parle de crawl? s'exclamait Payardel.

Aussitôt, il se mit à parler de cette année-là, où Grégoire avait revu Pierre Cervier. Il décrivit l'été qui passait, les foins fauchés, les fleurs s'éteignant peu à peu dans la montagne. Enfin il annonça, comme une éclatante nouvelle, que Grégoire, un beau jour, reçut une lettre de Pierre Cervier, qui lui donnait rendez-vous à Morez pour le samedi à midi.

Grégoire demanda au fruitier l'autorisation de s'absenter et descendit à Morez.

Il trouva Pierre Cervier à l'entrée de la ville dans une auto assez minable :

— Je m'intéresse à la vente des autos d'occasion, expliqua Pierre Cervier. Celle-ci m'a été prêtée pour un essai. Nous pourrons ainsi arriver très rapidement à Charny.

Grégoire lui répondit à peine et pendant le trajet aucune parole ne fut échangée. Ils furent à une heure et demie au croisement de route et du chemin qui conduit à la ferme de Morin.

— Nous pouvons être en panne à cet endroit et chercher quelque secours à la ferme, dit Cervier. J'ai oublié mes outils. Il nous faut un choix de boulons, puisque nous avons perdu celui du réservoir, et peut-être demander aussi un peu d'huile.

Morin terminait son repas en compagnie d'Irène et de Jeanne, lorsque Grégoire frappa à la porte.

Jeanne vint ouvrir, et Grégoire entra dans la salle sans se soucier de la servante. Morin fit tourner lentement sa chaise. Irène souriait.

Grégoire déclara qu'il avait besoin de quelques boulons et d'un peu d'huile : sa voiture était en panne. Tout le temps qu'il parla, il regarda Irène. Elle n'eut pas un clignement d'yeux. Jeanne appela un ouvrier qui traversait la cour, et l'ouvrier fut chargé de procurer à Grégoire tout ce qu'il désirait.

Pierre Cervier et Grégoire demeurèrent simplement assis au milieu de la route derrière l'auto, de telle façon qu'on pouvait croire qu'ils s'évertuaient à réparer leur machine. Une demi-heure plus tard, ils aperçurent Irène qui sortait de la ferme en tenant un cheval par la bride. Elle vint vers eux et s'arrêta :

— Pierre Cervier ! s'écria-t-elle. Mais toi, Grégoire, je t'ai reconnu tout de suite.

— Nous irons un peu plus loin avec la voiture, jusqu'à ce bois, dit Pierre Cervier, et Grégoire pourra vous parler.

Grégoire courut d'abord jusqu'à la ferme pour rendre les boulons et le bidon d'huile, tandis qu'Irène s'éloignait vers le bois.

— C'est difficile à expliquer, commença Grégoire quand il fut seul avec Irène dans un chemin de ce bois.

Les branches demeuraient prodigieusement immobiles dans la chaleur sereine de septembre, et les chants des oiseaux semblaient avoir la même immobilité. La jeune fille ne trouvait rien à dire. Grégoire se taisait. Il renonça soudain à déclarer son amour :

— Pierre Cervier désirerait que vous lui donniez des nouvelles de Daniel de temps à autre, reprit Grégoire. Vous enverriez les lettres et je les transmettrais. Pierre Cervier ne veut pas que son adresse soit connue.

Un vent très doux passa dans les feuilles et souleva les cheveux de la jeune fille.

— Pierre Cervier, dit Grégoire, ne veut pas que Daniel connaisse jamais sa condition.

Il respira longuement et saisit la jeune fille dans ses bras.

Elle ne parut pas surprise. Certainement Irène n'appartiendrait jamais à personne, même si elle consentait à se livrer un jour à qui que ce fût. Grégoire eut soudain cette conviction absolue. Il embrassa Irène, et il dit :

— Je voudrais te revoir.

— Nous pouvons nous revoir tant que tu voudras, assura la jeune fille.

Le cheval qu'elle avait attaché à l'entrée du bois se mit à hennir.

— Je ne vivrai pas sans toi, dit Grégoire.

La jeune fille regardait Grégoire avec un intérêt profond et curieux. Certainement le jeune homme avait des yeux cruels.

— Je ne t'ai jamais oubliée, dit-il.

— Parle-moi de tes grands-parents, dit Irène. J'irai les voir bientôt.

Quand ils revinrent sur la route, ils aperçurent Pierre Cervier assis sur un tas de cailloux à côté de la voiture et qui fumait une cigarette. Ils parlèrent ensemble pendant une dizaine de minutes. Irène ne quitta pas des yeux le visage de Pierre Cervier :

— Où devez-vous partir encore ? lui demanda-t-elle. Amélie me disait autrefois qu'elle donnerait sa vie pour que vous ne connaissiez plus le malheur.

Il regarda Irène dans les yeux sans lui répondre.

— J'aime Daniel comme mon frère, dit Irène. Je vous apprendrai tout ce que vous voulez savoir.

Il y eut un long silence.

— Maintenant il faut nous quitter, dit Pierre Cervier.

Au moment où il s'apprêtait à démarrer, Irène s'élança sur le marchepied de la voiture et embrassa Grégoire. Ils eurent un autre rendez-vous trois semaines plus tard.

— Tu as reçu ma lettre ? lui demanda-t-il.

Elle répondit simplement qu'elle était venue au rendez-vous. Grégoire ne parvenait jamais à comprendre Irène. C'était très simple : elle se donnait au premier venu, quelle que fût sa condition.

— Pierre Cervier voudrait revoir Daniel, expliqua Grégoire, — c'est-à-dire quelques instants, et de loin.

Ce fut ainsi que, dans l'année qui précéda la venue de Colligant, Irène organisa ces équipées dont les invités de Champlevant avaient conçu d'étranges soupçons. Pierre Cervier venait en auto avec Grégoire, qui trouvait le moyen de parler à Irène dans la cour même de Champlevant par les soirs d'hiver. Pierre Cervier pouvait à loisir considérer Daniel à travers les fenêtres du salon, mais il n'eut jamais la tentation de révéler sa présence. Il s'obstinait à croire qu'il n'avait aucun droit d'intervenir dans la vie de Daniel, puisqu'elle semblait s'organiser beaucoup mieux que la sienne propre. C'étaient les gosses de Merval qui se chargeaient d'empêcher que les chiens donnent de la voix.

En l'espace de deux hivers, Pierre Cervier fit peut-être cinq ou six visites de ce genre. Mais Grégoire revit assez souvent Irène dans le bois, près de Charny. La jeune fille allait aussi le rejoindre en auto à Morez, et elle passa quelques jours chez les Cravart pendant le premier été que Colligant demeura au service de René Cervier. Les Cravart vieillissaient doucement, et ne cessaient de regarder la route, lorsqu'ils s'asseyaient sur le banc devant la maison, à l'heure des brefs crépuscules. Cravart se traînait jusqu'à ce banc malgré ses souffrances qui n'avaient jamais cessé :

— Vois-tu, ma fille, disait Cravart à Irène, qualque chose doit encore se passer. Quant à Pierre Cervier, reviendra-t-il jamais, et, s'il revient, ne partira-t-il pas de nouveau ? Mais personne ne pourra l'oublier...

Il y avait la route, avec les prairies, les bouleaux et les sorbiers, et, au-delà des Crêts qui dominaient la combe de leurs sommets pelés, cette route s'ouvrait vers les pays étrangers, dont Cervier avait nommé les arbres et les choses.

— Il a nommé les arbres et les choses de là-bas, rabâchait Cravart. Comment pourrait-on oublier, même si l'on n'est qu'un vacher ? Je remercie Dieu d'avoir permis que nous venions au moins en cette contrée.

Les Cravart ignoraient le retour de Pierre Cervier. D'ailleurs il avait disparu de nouveau, se bornant à correspondre avec Grégoire qui seul connaissait son adresse. La mère Cravart parlait peu. Elle se souvenait d'Amélie et de Jacqueline. On n'avait pas souvent non plus des nouvelles de Jacqueline.

L'amour d'Irène et de Grégoire fut une histoire singulière. Ils se rencontraient comme d'anciens camarades. Leurs entretiens étaient toujours rapides. Grégoire espérait on ne sait quoi, et Irène demeurait indifférente. Elle ne connaissait pas encore Colligant.

Lorsque Grégoire se rendait à Charny, il devait faire un voyage très compliqué par le train et les autocars. C'est pourquoi Irène décida de le rencontrer dans le Jura. Grégoire l'attendit à Morez pour la première fois un dimanche matin. C'était toujours l'été, et les Morin ne se rendaient pas souvent à Champlevant pendant la belle saison. Colligant venait d'entrer au service de René Cervier, et personne ne lui avait encore parlé d'Irène. La jeune fille fit le voyage de Morez dans l'auto flambante de son père, et Grégoire parut éprouver beaucoup de mauvaise humeur à voir cet équipage, quoique les deux jeunes gens n'eussent jamais songé à la différence de leurs conditions.

— Eh bien ! monte près de moi, lui dit Irène, et allons déjeuner dans un restaurant, aux Rousses par exemple.

Grégoire s'assit à côté d'Irène. Ils n'échangèrent que des paroles vides. Grégoire avait le cœur dévoré d'amour et de colère. Irène semblait heureuse. Ils s'arrêtèrent aux Rousses dans un hôtel, et, aussitôt le repas expédié, repartirent sur la route.

— Où allons-nous donc ? dit Grégoire.

— Je veux voir ta maison, déclara Irène.

Ils prirent le chemin qui traverse des prairies et

revient sur Prémanon par un petit bois. Irène ne songeait pas à entrer dans la maison. Elle désirait simplement la voir. Quand ils descendirent de l'auto, elle dit :

— C'est bien. Les bois sont tout près de chez toi. Allons nous promener de ce côté.

Grégoire gardait au fond de ses regards une flamme méchante. Malgré sa boiterie, il montrait une grande agilité et avec la jeune fille il courut à travers les pentes où s'élevaient les premiers sapins. La forêt en été ressemblait à un parc, avec ses lieux fleuris, ses ombres sur la verdure des étroites clairières. Mais, lorsqu'on la parcourait pendant assez longtemps, tous ces lieux entraient dans le déploiement d'une incroyable immensité, comme les nuages au ciel. Ronces, campanules, érines, orchidées se répétaient sans relâche à des distances variables, parfois très grandes, sous les arbres. Irène et Grégoire s'arrêtèrent en haut d'une butte.

Grégoire interrogeait la jeune fille des yeux. Elle le regardait avec une passion dont la cause était sans aucun doute un simple caprice.

— Je m'ennuie à Charny, dit-elle. On va me présenter des jeunes gens qui me proposeront d'être fermière, ou bouchère, ou boulangère. Je crois que je préférerais vivre ici avec toi.

Grégoire fut transporté d'un grand élan d'enthousiasme, mais aussitôt, comme déjà il prenait la jeune fille dans ses bras, il éprouva une vive méfiance :

— Ce n'est pas possible, dit-il comme s'il se parlait à lui-même. Tu veux te moquer de moi.

Il repoussa brusquement Irène. Il semblait qu'il fût étourdi par un choc violent. Elle le regardait sans s'émouvoir. Il poursuivit :

— As-tu songé que tu devrais travailler avec moi dans ce pays, où nous aurions une vie difficile pendant un certain temps ? Bien sûr, je me sortirai de mon emploi d'ouvrier, mais, en attendant, des années passeront.

— Je ne songe jamais à ce qui se passera plus tard, dit Irène.

Grégoire haussa les épaules :

— Va-t'en. Tu ne dois pas rester ici. Je ne devais pas te demander… C'était idiot. Va-t'en.

Irène souriait. Elle s'appuya un peu sur lui, et tout changea brusquement. Grégoire et Irène racontèrent du moins cette vague histoire aux Cravart et à Payardel, et cela signifie qu'ils furent saisis d'un désir qu'ils ne surent pas maîtriser.

Quand ils revinrent à Prémanon le soir, ils entrèrent un moment à la maison. Il y avait sur la table une lettre de Pierre Cervier. Irène vit nettement la signature, mais elle ne distingua aucun autre mot, et ne demanda pas à voir la lettre. Grégoire et Irène s'assirent, une minute à peine, auprès de la fenêtre, et ils regardèrent la prairie sous les bois et sous le ciel, tandis que le chien (le grand danois) s'éveillait et venait flairer la robe d'Irène. Elle le caressa. Puis Irène emmena Grégoire jusqu'à Morez. Il comptait revenir à Prémanon par l'autocar. Quand il la quitta, il lui demanda si elle reviendrait bientôt.

— Je ne sais pas, dit-elle.

Jamais elle ne savait. Elle avait beaucoup de douceur et la plus complète ignorance des ennuis qui courent le monde.

— Je suis le seul à qui tu songes ? demanda brusquement Grégoire.

Elle parut ne pas comprendre, et ne répondit rien.

— Tu viendras parler à mon père, lui dit-elle après quelques instants.

— Ça ne se peut pas, s'entêtait Grégoire. Il me dira que j'en veux à son argent. Je déteste tous ceux avec qui tu vis. Je ne parlerai jamais à Morin.

Ils discutèrent pendant quelques instants avant le départ de l'autocar. Irène était descendue de sa voiture et avait accompagné Grégoire jusqu'à la station. Les gens allaient et venaient sur le trottoir. Quelques-uns montaient dans l'autocar. Ni Grégoire ni Irène ne voyaient rien de tout cela et ils n'entendaient pas non plus la rumeur du torrent derrière les maisons. Ils ne parvenaient nullement à se mettre d'accord à propos de leur mariage éventuel et cela ne semblait avoir aucune importance.

Dans la suite, ils se rencontrèrent à plusieurs reprises, soit aux environs de Charny, soit à Morez et, au début de l'année suivante, Irène déclara à Grégoire qu'elle épouserait Colligant à moins qu'il ne se décidât à parler à son père. Savait-elle jamais ce qu'elle désirait, quoiqu'elle fût entièrement dénuée de coquetterie ? Grégoire ne la revit plus, mais, au mois de juin, il lui écrivit une lettre dans laquelle il annonçait qu'il viendrait bientôt à Charny et qu'on remettrait tout en question. Quelle sorte d'amour Irène eut-elle pour l'homme au pied bot ? Toujours est-il qu'elle attendit sa venue sans cesser de croire qu'elle devait appartenir à Colligant par la force des choses ou des coutumes. Colligant était le dernier venu.

Enfin, il y eut cette scène entre Irène et René Cervier. Celui-ci se rendit à la ferme de Charny un certain soir. Irène se trouvait seule dans la maison, et il lui demanda aussitôt de venir avec lui. Elle monta dans la voiture que Cervier conduisit jusqu'à la route nationale. Après lui avoir adressé, pendant ce court trajet, quelques paroles aimables, il déclara qu'il voulait l'épouser :

— Je suppose que vous êtes en relation avec des gens de la montagne et peut-être avec mon frère. J'ai suivi un jour votre voiture jusqu'à Dole, mais vous m'avez échappé dans la traversée de la ville.

René Cervier cherchait à contenir son ardeur :

— Qui alliez-vous rejoindre ?

— Il y a bien des mois, dit simplement Irène, et pourquoi me demandez-vous cela aujourd'hui ?

— Répondez.

— Vous aviez renoncé à m'épouser. Je n'ai rien à répondre.

Cervier lui saisit les mains :

— Je n'aime personne que toi.

Irène le supplia de la laisser en paix.

— Ce n'est pas possible, dit René Cervier d'un ton plus calme.

Il la saisit dans ses bras. Elle se débattit et brisa la vitre de la portière. Il comprit qu'elle était capable de faire un scandale. Il abandonna son étreinte. Irène était fille à se donner facilement et il ne parvenait pas à s'expliquer pourquoi il était soudain refusé.

— Vous pouvez vous en aller, dit-il. Mais, demain, à Champlevant, nous réglerons cette question avec votre père d'une façon définitive. Tout s'arrangera comme il convient.

— Jean Colligant... observa Irène.

— Vous n'aimez pas Colligant, dit Cervier. Vous l'avez accepté en attendant, pour vous donner un prétexte, et vous vous montez la tête à propos de je ne sais quel amoureux transi et misérable, que je ne veux pas connaître, après tout.

Irène descendit de la voiture. Elle se tourna vers Cervier :

— Je suis la fille d'Estelle Janicot, et un homme comme vous ne devrait pas prêter attention à moi.

Cervier descendit aussi sur la route. Il mit ses mains sur les épaules de la jeune fille :

— Je vous arracherai à cette misère, comme j'ai fait pour Daniel. Vous vivrez dans une condition heureuse, et vous m'aimerez.

Irène sourit. Cervier avait l'idée qu'il briserait volontiers ce jeune front, pour savoir enfin quelle idée, quel amour sauvage... Mais il n'y avait peut-être aucune pensée dans cette tête charmante et incroyablement pure. Cervier brûlait d'une passion si vive qu'il tremblait. Il dit encore :

— Croyez-moi, j'ai bien des moyens à ma disposition pour vous faire comprendre et faire comprendre à Morin...

Il reconduisit Irène jusqu'au croisement du chemin de Charny. Elle parut convenir qu'il avait raison, et elle sourit encore en le quittant.

Le lendemain, elle partit pour Prémanon, ne sachant exactement ce qu'elle ferait. Grégoire l'accueillit avec joie, et elle eut la surprise, en entrant dans la maison, de voir Pierre Cervier accoudé à la table, la tête dans ses mains. Pierre Cervier se leva aussitôt :

— C'est la petite Irène, s'écria-t-il. Eh bien ! Grégoire, nous passerons ce dernier jour dans la forêt et nous irons déjeuner au bord d'une prairie.

Il expliqua qu'il avait été saisi d'une crise de malaria, mais que cela semblait aller beaucoup mieux. Grégoire déclara à son tour que Pierre Cervier devait partir le soir même pour Bordeaux où il s'embarquerait, mais il ne dit pas pour quelle destination.

— Je crois que cette fois je vais faire fortune, reconnut Cervier. Je me suis joint à une petite expédition commerciale et nous allons étudier une exploitation de caoutchouc en pleine forêt.

Grégoire réunit les éléments d'un léger repas. Ils partirent dans les bois, devisant et riant. La présence de Pierre Cervier semblait rendre n'importe quel projet soudain réalisable. Grégoire tenait le bras d'Irène et à ce moment-là ils furent assurés qu'ils ne devaient plus se quitter.

Le soir, Pierre Cervier manifesta le désir de faire un tour à Champlevant et c'est ainsi qu'Irène l'y conduisit et le laissa ensuite à la gare de Pondeuvre. Elle fut très étonnée d'être suivie par une voiture qu'elle chercha à distancer. Lorsque Daniel la rejoignit, elle prit son parti de la rencontre et ne lui dissimula rien d'autre que ses relations avec Grégoire. Irène demeura chez Grégoire. Ce fut la mère Cravart qui vint trouver Morin pour s'entendre sur le mariage. Elle lui conta cette fois toute la vérité, comment Amélie avait voulu revoir Irène, et quelle ruse puérile on avait employée pour demander à Morin de laisser Irène venir dans le Jura. Morin avait appris par ailleurs la mort d'Amélie.

— Une histoire de brigands, répétait Morin.

Il posa de nombreuses questions. Comment Pierre Cervier avait-il connu Amélie ? Grégoire était donc le petit-fils de Cravart, et par alliance le neveu de Pierre Cervier ? Mais alors, on était sans nouvelles de la maman de Grégoire ?

— Remariée ? Mais avec qui ? Est-ce un homme convenable ?

— Tout ce qu'il y a de plus convenable, gémissait Mme Cravart. Il vend des réchauds à alcool sur les foires du Nord pour une grande maison de Paris. Jacqueline nous écrit toujours au nouvel an.

Morin admettait fort bien ce dernier détail, mais le mariage d'Irène et de Grégoire lui paraissait impossible.

— Mon pauvre monsieur Morin, disait Mme Cravart, qu'ils soient mariés ou non, ça ne changera point les choses. Mais il vaut mieux qu'ils soient mariés tout de même.

Morin entra dans une grande colère. Il se maudit d'avoir permis autrefois qu'Irène allât passer des vacances chez ces gens qu'il ne connaissait pas. Pourtant Mme Cravart lui semblait une brave femme, et il se souvint combien il redoutait toujours d'apprendre que c'était le vrai père d'Irène, ce maudit palefrenier, qui appelait auprès de lui la petite fille par l'entremise d'une prétendue cousine d'Estelle Janicot. Estelle Janicot ! Irène, la fille d'Estelle Janicot, ne pouvait que donner dans le vice.

Morin mit Mme Cravart à la porte. Puis une semaine plus tard il s'en alla rendre visite aux Cravart. Le mariage se fit, mais personne ne le sut, ni à Champlevant, ni dans la région de Charny. Morin s'était à demi fâché avec René Cervier qui le pressa de questions et qui finalement avait paru oublier Irène.

XVIII

Colligant écouta donc le récit et les remarquables observations de Félix Payardel, et il imagina facilement tout ce que Payardel ne put lui conter avec précision. Le soir venait déjà, et l'on n'entendait plus la faucheuse. Le vent qui passait à travers les sapins avait considérablement faibli. Comme l'air était plus frais, Payardel se leva pour fermer la fenêtre :

— Irène, dans toute cette affaire, n'a pas commis de grande faute, dit-il comme il allumait l'électricité. C'est un hasard si elle ne vous a pas épousé et j'ai jugé utile de vous faire connaître les circonstances qui ont précédé son mariage. Ainsi vous prendrez mieux votre parti d'avoir perdu Irène.

Colligant qui avait posé quelques questions à Payardel sur Amélie, les Cravart et Pierre Cervier, gardait maintenant le silence. On entendait Graiste scier du bois dans la cuisine.

— Vraiment, dit Payardel, le monde est peuplé de gens étourdis.

La nuit était tout à fait tombée. Colligant conseilla à Payardel de dîner avec Graiste et de passer la nuit à la maison. Rien de plus facile que de dresser un lit de camp.

— Je vous en remercie, dit Payardel, je dînerai avec Graiste, mais comme il fait beau, je rentrerai à Lajoux. Si je pars avant neuf heures, j'arriverai vers minuit.

Colligant entretint ensuite Payardel des projets qu'il avait combinés pendant ces longues heures d'immobilité. Il désirait acheter des maisons abandonnées et les remettre en état, pour les louer ou les revendre à des touristes. Plus tard, il monterait une scierie dans la région.

— Vous êtes un homme pacifique, monsieur Colligant, dit Payardel, — comme Pierre Cervier et les Cravart.

Trois semaines passèrent encore avant que Colligant pût se lever. Le mois de septembre allait venir et le temps restait beau. La fenaison terminée, Graiste devait abattre le bois pour la provision d'hiver, mais il refusa l'aide de Colligant, qui passa une grande partie de ses journées à faire des promenades dans la montagne. Grâce à des haltes fréquentes, il parvenait à suivre d'assez longs parcours. Il montait dans un autocar quand l'occasion s'en présentait. C'est alors qu'il rendit visite à deux ou trois propriétaires qui désiraient vendre de vieilles maisons situées en bordure des forêts de la Frasse. L'une de ces maisons était un assez beau chalet qu'on avait abandonné et dont un mur menaçait ruine. Il s'élevait sur une butte non loin de la route de Lamoura, et Colligant s'y rendit plusieurs fois, ayant fixé rendez-vous sur les lieux mêmes au propriétaire ou à quelque maçon. Toujours il partait à l'aube, et il lui fallait plusieurs heures pour arriver au chalet. Graiste, qui prétendait que ces achats de maisons constituaient une spéculation hasardeuse, refusa toujours d'accompagner Colligant.

La fraîcheur de septembre subsistait maintenant tout le jour sous l'ombre des sapins. A mesure qu'on s'élevait dans la montagne on constatait la disparition de presque toutes les fleurs de l'été. Colligant, préoccupé par ses projets, ne s'attardait guère à considérer la végétation. Quand il s'asseyait pour prendre quelque repos, il tirait son carnet et griffonnait des indications concernant les devis que lui soumettaient les maçons. Mais certain jour, un bref événement attira de nouveau son attention vers les choses de la forêt.

Il s'était allongé au soleil au milieu d'une clairière et il supputait les frais de transport des matériaux pour son chalet, soit qu'il les fît venir de Saint-Claude, soit de Morez. Ou peut-être vaudrait-il mieux traiter directement avec le maçon de Mijoux ? Colligant regardait le ciel entre les troncs de quelques sapins dressés sur la pente prochaine, lorsqu'une forme passa rapidement à l'extrême limite du champ de sa vision. Il se tourna et aperçut un grand chien danois qui approchait son museau pour le flairer. Colligant ne bougea pas et le chien se tint lui aussi dans une immobilité absolue. On entendit alors un glissement de pas sur les aiguilles des sapins, et de temps en temps un heurt de souliers ferrés sur quelques débris de rochers. Le chien semblait doué d'une force et d'une méchanceté peu ordinaires. Au bout de quelques instants, comme saisi d'un nouveau caprice, il se détourna et s'éloigna. En quelques bonds souples il disparut à travers la futaie.

Colligant songea tout le jour à cette rencontre et, le soir, il demanda à Graiste s'il connaissait dans la montagne beaucoup de gens qui possédaient un chien danois.

— Il y a celui de Grégoire Veilloux, à Prémanon, dit Graiste.

Le lendemain, Colligant demeura à la maison, mais dans l'après-midi, il songea à faire une courte promenade et il monta dans le pré jusqu'à la lisière des bois. En bordure c'étaient ces hêtres nains et ces ronces que Colligant avait souvent regardés de son lit, par la fenêtre ouverte. Il franchit l'amas de grosses pierres entassées qui formaient la clôture du pré, et au moment où il pénétrait sous le bois, il vit dans l'ombre des sapins quelqu'un qui venait vers lui. Encore ébloui par la lumière, il ne pouvait apercevoir qu'une silhouette. Puis, soudain, il reconnut Daniel.

— Votre forêt contient beaucoup de gens auxquels vous ne songiez plus, monsieur Colligant, dit Daniel d'une voix coupante.

— Bonjour Daniel, dit Colligant.

Le jeune homme semblait avoir plus de gravité, mais ses yeux verts gardaient le même éclat aigu et plein de charme. Il portait un habit de ville et non pas cette tenue que les touristes adoptent pour fréquenter la montagne.

— Bonjour monsieur Colligant, dit-il enfin. J'allais chez vous mais on m'a très mal renseigné et je me suis perdu dans vos maudits sapins.

— Que diable faites-vous par ici ?

— Mon Dieu, il n'y a rien de plus simple. J'ai encore mis en branle une sale affaire et je voulais vous en parler.

Colligant invita Daniel à venir dans la maison, mais il refusa.

— Nous sommes aussi bien à cet endroit. Je suppose que vous n'ignorez rien de l'histoire d'Irène, puisque vous êtes voisins ?

Colligant ne répondit pas. Daniel s'assit sur le mur de pierres et sortit son étui à cigarettes. Il allait fumer sans interruption en racontant ses ennuis. Au bas du pré, on voyait le toit de la maison. La cheminée fumait, et plus loin on découvrait les creux nombreux des vallées, Morbier, Morez, la route des Rousses, et même les croupes descendant à l'est sur Longchaumois.

— Vous vous montez encore la tête, dit Colligant. Vous seriez bien venu dîner avec moi.

— Je me demande si je parviendrai à trouver quelqu'un qui ne se monte pas la tête. Quand donc les gens se mettront-ils d'accord une bonne fois ?

— Il suffit de laisser aller le monde, dit Colligant.

— Eh bien ! apprenez un peu comment il va.

Cela pouvait se dire assez brièvement. Le père Morin, après le mariage de sa fille avec Grégoire Veilloux, avait obstinément caché à René Cervier le lieu de leur résidence, prétendant, pour échapper à toutes questions, qu'ils avaient rejoint la sœur de Grégoire à Bruxelles. Morin ne se rendait jamais dans le Jura. Cervier parut oublier Irène, quoiqu'il eût rompu définitivement avec les Chabet. Toutefois, Daniel se rendait parfois chez Morin, et il vit un jour une carte postale jetée négligemment sur un buffet. Il s'en était emparé avec impudence, et avait en un instant vérifié que cette carte portait la signature d'Irène et le timbre de la poste de Prémanon. Morin n'avait pas eu le temps de lui arracher cette carte des mains.

— C'est sans importance, lui dit Daniel, et d'ailleurs je sais garder les secrets les plus bêtes. Qu'est-ce que cela peut vous faire qu'on connaisse l'établissement d'Irène ?

— René Cervier...

— Cela lui importe peu, assura Daniel.

Morin lui représenta que René Cervier était capable de se taire pendant des mois, et de poursuivre impitoyablement son but. Sans aucun doute ce n'était pas sans raison qu'il avait rompu avec les Chabet. Morin réussit à persuader Daniel qu'il fallait se méfier. Le jeune homme désirait simplement revoir Irène pour tenter une fois encore d'obtenir quelque nouvelle de son père. Bien qu'il fût en bonne voie de prendre au sérieux son métier de cultivateur, et de négliger le reste, il n'avait pas oublié les promesses d'Irène en ce fameux soir où il l'avait poursuivie en auto.

Daniel décida donc de se rendre à Prémanon. René Cervier crut qu'il allait à Paris pour négocier un achat d'engrais, comme il l'en avait prié quelque temps auparavant. Cela se passait trois semaines environ après que Colligant était tombé dans le ravin. Daniel ignora cet événement.

Irène accueillit Daniel à bras ouverts. Elle songeait qu'elle l'avait promené dans ces prés du Jura, alors qu'il était âgé d'un an à peine, au temps où Amélie et Pierre Cervier habitaient leur maison de Lajoux. Elle lui conta cette fois toute l'histoire d'Amélie et de Pierre. Mais on était encore sans nouvelles de Pierre Cervier.

Daniel fut obligé de filer sur Paris, après un bref séjour à Prémanon, et il était retourné à Champlevant. Mais presque aussitôt il reprenait le train pour Prémanon, car il avait pu comprendre, d'après certaines réticences, que Grégoire savait exactement où se trouvait Pierre Cervier. Mais cette fois, René Cervier avait fait pister Daniel par un contremaître, qui vérifia simplement dans quel train Daniel montait à Mâcon. Il ne fut pas difficile à Cervier de suivre sa trace à Saint-Claude ou à Morez et de battre la région. Grégoire et Irène étaient bien connus dans la montagne. Depuis longtemps, Cervier aurait pu les retrouver s'il s'en était donné la peine. Mais ses décisions étaient toujours inexplicables.

— Je me suis trop hâté de revenir à Prémanon, avoua Daniel à Colligant. Mais je me doutais que mon oncle m'espionnait, et j'ai voulu le défier. Dieu me pardonne, j'ai songé qu'il serait furieux de connaître le mari d'Irène et de savoir que j'étais sur la trace de mon père.

Or les événements s'étaient précipités. Dès son arrivée à Prémanon, Daniel constata qu'il était impossible de tirer de Grégoire le moindre renseignement, et il se rendit chez les Cravart. C'est ainsi qu'il revit ses grands-parents, dans le pays même où il avait passé les deux premières années de son enfance inconsciente. Les Cravart lui expliquèrent avec bonté que Pierre Cervier devait préférer le laisser vivre à Champlevant, dans l'espoir qu'il se préparerait ainsi un meilleur avenir.

— Mieux vaut qu'il ne te donne pas signe de vie, répétait Cravart. Et nous-mêmes, nous sommes aussi demeurés à l'écart. Irène nous parlait de toi.

Daniel passa trois jours chez les Cravart. En vain il tentait de retrouver dans sa mémoire l'image de ces lieux et de la maison. Peut-être crut-il entrevoir la fugitive idée d'un grand diable d'homme, qui était son père, mais l'image se situait plutôt dans un autre décor, en quelque ville où ils avaient erré ensemble (à Marseille ?).

Cependant, René Cervier était venu à Morez et, après avoir pris les renseignements qui convenaient à ses desseins, il profita un jour de l'absence de

Grégoire pour rendre visite à Irène. La jeune femme fut vivement effrayée. Elle consentit à le suivre dans la forêt, à quelques pas du village, pensant qu'elle pourrait le persuader de ne pas la tourmenter. Mais René Cervier, quoiqu'il parût maître de lui, s'obstinait dans sa passion, et il déclara que rien ne l'arrêterait, et que par tous les moyens il chercherait à enlever Irène à son mari. Cervier accusait Grégoire d'avoir abusé de la loyauté d'Irène. Il eut un long entretien avec la jeune femme qui tâcha surtout de gagner du temps et de convaincre René Cervier qu'il ne fallait rien précipiter. Oui, peut-être consentirait-elle à le suivre. Parlait-elle franchement ? Feignit-il d'être dupe ? On ne pouvait plus le savoir.

— Il fallait qu'il y ait une sale affaire, dit Daniel à Colligant. Quand Grégoire est rentré, il n'a pas trouvé Irène et il a mis son chien sur la piste.

Grégoire put apercevoir de loin René Cervier qui embrassait Irène. Quoi qu'il en soit, il retint son chien et revint à la maison. Lorsque Irène voulut rentrer, il la chassa, jurant que jamais il ne pardonnerait. Irène s'en alla à travers bois chez les Cravart.

— Elle est arrivée vers minuit, dit Daniel. J'étais dans la salle avec la mère Cravart, et nous parlions encore de mon père. Cravart sommeillait dans l'alcôve. Quand on a frappé à la porte, nous avons été bouleversés, bien que nous ne sachions rien encore.

Irène semblait désespérée, mais elle s'efforçait de sourire. La mère Cravart répétait machinalement que ce sont là des choses qui arrivent. Personne n'avait dormi pendant la nuit, et Daniel était reparti dans la matinée pour Prémanon. Il arriva vers midi. Grégoire n'était pas à la maison. Le fruitier n'avait pas vu Grégoire ce matin-là.

— C'est tout, dit Daniel. Je suis venu vous trouver, je ne sais pourquoi. Irène m'avait dit que vous aviez une ferme dans les environs.

— Venez donc à la maison, dit Colligant. Ce n'est qu'un mauvais rêve, et les choses vont bientôt s'arranger.

— Vous ne connaissez pas René Cervier, dit Daniel avec une haine mêlée d'une étrange admiration.

Néanmoins il consentit à accompagner Colligant. Graiste venait de sortir pour porter la bouteille de lait à la fruiterie. Daniel accepta de boire un verre de vin. La fraîcheur du soir pénétrait par la porte ouverte, mais il y avait un bon feu dans la cuisinière.

Lorsque Graiste rentra, Colligant lui présenta Daniel. Graiste avait appris d'un voisin qu'on s'inquiétait beaucoup à Prémanon de l'absence de Grégoire.

— Justin est revenu par l'autocar. Il était allé chez le menuisier de Prémanon pour lui demander de rafistoler ses doubles fenêtres, car l'hiver va bientôt venir.

Daniel voulait retourner chez les Cravart, mais finalement il résolut de dîner avec Graiste et Colligant, et il passa la nuit à la maison.

On veilla au coin du feu. Daniel parla de son père. Pierre Cervier connaissait plusieurs langues, et il était habile dans maints ouvrages. Il dessinait à merveille et il se révélait aussi bien ébéniste que mécanicien. Combien de fois, disait Mme Cravart, nous l'avons vu travailler joyeusement. Puis il y avait ses histoires sans fin sur les pays étrangers, les gens qu'on y rencontre et les choses qu'on y voit.

Peu à peu Daniel s'assoupit au coin du feu. Colligant et Graiste l'avaient écouté paisiblement, se bornant à lui poser de temps à autre quelque question.

XIX

— Je ne comprends pas, disait Mme Aline à René Cervier, pourquoi tu as rompu avec les Chabet.

— Ai-je rompu vraiment ? murmurait René Cervier. Edwige exigeait que le mariage se fît au bout de deux mois, et j'ai jugé cette prétention excessive. Est-ce ma faute si elle m'a menacé de rompre ? Je me suis borné à la prendre au mot, ce dont elle enrage, et qu'y puis-je ?

Mme Aline regardait son fils avec crainte :

— Tu as toujours raison, disait-elle tristement.

— J'avoue, ajoutait Cervier, que je songe souvent à Irène, mais je n'y peux rien non plus.

Comment on doit mesurer ses passions, il n'est pas toujours facile de le savoir. Mme Aline reprenait son livre, et de temps à autre elle regardait par la fenêtre du salon la cour toute emplie des pluies de l'hiver.

Ainsi, après le départ de Colligant, Champlevant avait poursuivi ses soucis, son travail, et parfois sa gaieté, comme il arrive en tous les lieux du monde.

Les mois passèrent, et René Cervier, aussi bien que Daniel, parut uniquement occupé de la bonne gestion du domaine. Mme Aline se sentait plus tranquille.

Il y eut donc l'hiver, puis le printemps. Daniel fit ce voyage de Paris, après s'être rendu en secret dans le Jura, et René Cervier parut satisfait des négociations que son neveu avait menées pour l'acquisition des engrais. Mais deux jours plus tard, Daniel annonçait qu'il devait retourner à Paris. Il avait découvert une erreur dans les quantités d'engrais qu'il avait commandées, et comme les marchés se passaient un peu en dehors des répartitions régulières, il fallait de nouveau conférer avec les vendeurs. René Cervier comprit en un instant la ruse de Daniel, et il prit bientôt, comme nous l'avons dit, le même chemin que lui, sans que Daniel l'eût deviné. Mme Aline, surprise de ce voyage soudain, qui suivait de si près celui de Daniel, ne voulut pas admettre que René Cervier désirait simplement donner de nouvelles instructions à son neveu.

— Daniel n'est pas allé à Paris, s'écria-t-elle. Et toi, comment aurais-tu oublié la moindre disposition pour ces affaires ?

Elle fut bien obligée d'admettre les prétextes de son fils, et quelques jours plus tard, René Cervier retrouvait Irène.

Daniel avait rapporté à Colligant les conséquences de cette première entrevue avec la jeune femme. Ils n'apprirent que le lendemain la suite des événements. René Cervier, le matin même où Daniel laissait Irène chez les Cravart, se rendit à Prémanon. Il vint frapper de nouveau à la porte de Grégoire Veilloux. Après avoir passé la nuit à Morez, il partit de bon matin dans sa voiture qu'il arrêta dans les bois, à cinq cents pas au-dessous du village. Il partit à pied, contourna les maisons en passant sous le couvert des sapins, et demeura à la lisière pour guetter de loin le départ de Grégoire qui se rendait à la fruiterie. René Cervier vit bientôt la porte s'ouvrir et le pied bot s'éloigner vers le centre du village. Il ignorait qu'Irène avait été chassée la veille au soir. Il ne soupçonnait pas que Grégoire l'eût surpris en compagnie d'Irène.

René Cervier, comme il l'avoua lui-même à un moment où il ne pouvait mentir, n'avait pris aucune décision, désireux seulement de voir Irène et de lui parler. Il ne parvenait jamais à chasser le souvenir de ce visage indifférent et doux, et les regards d'Irène restaient en lui comme une lumière sans trêve. Lorsqu'il voulut frapper à la porte, il s'aperçut que sa main tremblait, et il s'arrêta un moment. Il regarda autour de lui, mais il ne vit rien que le ciel qui semblait crier de joie avec toute sa lumière. Il frappa à plusieurs reprises. N'entendant pas de réponse il regarda aux carreaux de la fenêtre. Dans la cuisine il y avait des coins d'ombre où il était impossible de distinguer la moindre présence. Sur la table, un bol et une cuiller. Trois chaises auprès du fourneau. Un certain désordre régnait dans la pièce. Cervier soupçonnait Irène de se cacher pour ne pas lui répondre, bien qu'il eût en même temps l'inexplicable certitude que la jeune femme était absente. Mais où serait-elle partie à cette heure matinale ?

René Cervier demeura quelques minutes devant la fenêtre. Irène ne pourrait ainsi manquer de l'apercevoir, et elle viendrait lui ouvrir, afin d'éviter un scandale. Toutefois, pendant qu'il attendait, il se trouva un gamin pour épier son manège et ce gamin s'en fut avertir Grégoire à la fruiterie : « Monsieur Grégoire, il y a quelqu'un qui vous demande ! » Grégoire, suivi de son chien qui le quittait rarement, se hâta de revenir à la maison. René Cervier l'aperçut d'assez loin, et avant d'avoir même réfléchi sur ce qu'il convenait de faire, il s'éloigna. Tournant l'angle de la maison il courut à travers un petit pré avant de disparaître sous le bois. Grégoire, malgré sa hâte, ne put deviner, quand il arriva près de la maison, de quel côté René Cervier s'était dirigé. Il retint son chien. Il n'avait pas la certitude que l'étranger fût le même homme qu'il avait surpris avec Irène.

Grégoire haussa les épaules et entra dans la maison. Il éprouva une vive détresse en retrouvant la salle où il ne verrait plus jamais Irène. Il prit un grand couteau-serpe accroché au mur, siffla son chien, et partit sur la route sans même fermer la porte. Il descendit à tout hasard vers Morez, et au deuxième virage il aperçut une auto dissimulée dans les taillis de hêtres. Il n'y avait personne dans cette voiture. Il lut le nom : *René Cervier, propriétaire à Champlevant.* Comme il était revenu au milieu de la route, il entendit des pas sur la pente opposée et il se dissimula contre l'accotement. Mais sans doute avait-on aussi deviné sa présence, car le silence se fit alentour. Il n'y eut plus que ce grand souffle qui passe dans les sapins, comme si c'était la force même du ciel. Les yeux d'Irène ressemblaient aussi à ce ciel-là précisément.

René Cervier qui avait fait un détour pour rejoindre sa voiture aperçut Grégoire comme celui-ci examinait l'intérieur de l'auto. Il s'arrêta, résolu d'attendre le départ du pied bot. Il désirait éviter toute histoire inutile, du moins pour le moment. Mais Grégoire avait maintenant l'assurance de se trouver en présence de l'homme qu'il cherchait. Le nom de René Cervier lui rappelait les hésitations d'Irène avant qu'elle le rejoignît l'année précédente, et bien des allusions, dont le souvenir lui revenait brusquement, confirmaient une hypothèse qui lui sembla plus cruelle encore que le rendez-vous surpris la veille.

Le danois était tout prêt à s'élancer, car il devait percevoir quelque bruit infime sur la pente. Grégoire le retint encore. Il désirait parler à René Cervier, et ne savait pas au juste ce qu'il ferait. Il attendit.

Une demi-heure passa, puis à un moment, Grégoire eut l'impression que René Cervier était parti de l'endroit où il se tenait tout à l'heure. Le chien ne donnait plus aucun signe d'impatience. Grégoire le caressa. Il n'y avait pas le moindre frémissement sous sa peau. Sans aucun doute Cervier cherchait un autre chemin pour regagner son auto. Grégoire s'avança sous le bois, bien assuré qu'il lui suffisait de marcher de long en large dans le sens de la route pour couper la retraite à son adversaire.

Cervier avait dû s'enfoncer assez loin sous les sapins, probablement pour regagner Prémanon et revenir sous la route, dans une direction opposée. Grégoire se hâta donc de parcourir, en faisant des crochets, une étendue assez profonde, et un moment vint où le chien signala de nouveau une présence. Grégoire entendit la rupture d'une branche morte.

Il y eut encore une attente, puis Cervier dut se dérober de nouveau. Une fois de plus Grégoire le retrouva. Cette fois, Cervier se tenait en haut d'une butte rocheuse, car le chien grattait la pierre comme s'il désirait l'escalader. Le sommet de la butte était couronné de quelques sapins. Aucun bruit, mais Grégoire aperçut la fumée fugitive d'une cigarette. Cervier devait distraire son impatience en fumant.

Grégoire monta sur la butte. Il trouva sous un sapin deux allumettes qu'on venait sans doute de jeter, puis il courut avec le danois qui tenait la piste. Il mit trop de hâte dans sa poursuite, car Cervier, ayant sauté du haut d'un roc, lui échappa soudain. Le chien donna des signes d'énervement, et lorsque Grégoire pensa que Cervier avait pu sauter du rocher, il avait déjà perdu beaucoup de temps. Mais tout de suite il songea à revenir vers la route et réussit encore à couper le passage à Cervier.

Dès lors il procéda avec plus de prudence, se

contentant de suivre Cervier de proche en proche sans jamais l'atteindre, mais avec l'assurance qu'il devait passer sous son regard s'il cherchait à rejoindre la voiture. Plusieurs fois Grégoire fut tenté de lancer le chien qui aurait pu rapidement rejoindre et étrangler Cervier, mais il voulait avant toutes choses parler à Cervier.

Lorsque midi tinta au village, on entendit à peine la sonnerie, tellement les deux hommes s'étaient enfoncés dans la forêt. Sans doute Cervier se mit à courir. Par instants on traversait de petits prés, désormais sans fleurs. Les grandes gentianes, que le bétail épargne, se dressaient avec leurs fruits desséchés. Mais il y avait toujours le ciel qui apparaissait dans les clairières, et lorsque Grégoire mit la main sur ce vieux ressort de sommier (comment venu en ce lieu ?), et lorsqu'il sentit que Cervier était tout près, il y eut encore le ciel entre les bouquets de myrtilles et contre la mousse de cette pente abrupte.

A ce moment, Cervier, croyant avoir dépisté celui qui le poursuivait, s'était couché dans le creux d'un pré, juste à la lisière, derrière le talus où se tenait Grégoire. Pourquoi s'était-il enfui et n'avait-il pas tout simplement bravé le pied bot :

— Que désirez-vous, monsieur, d'un simple promeneur ?

Mais tout d'abord, il semblait préférable d'éviter une rencontre au prix d'un léger détour, puis la poursuite obstinée de Grégoire, accompagné du chien silencieux, fit comprendre à Cervier que le pied bot avait de sérieuses raisons de le traquer, et il s'était dérobé pour le plaisir de dépister l'homme et de se montrer plus habile que lui. Quand il eut l'idée de descendre ce rocher à pic, il éprouva un vif sentiment de triomphe. Mais il retrouva bientôt Grégoire en face de lui, à cent pas de la route. Dès cet instant l'idée fixe qu'il fallait fuir à tout prix s'empara de son esprit. Il avait peur, mais il ne savait pas alors exactement ce qu'il craignait. Cervier tenta d'ordonner ses réflexions seulement lorsqu'il se trouva couché sous le talus. Il n'y parvint pas. La lumière aiguë faisait songer à des promenades joyeuses, et il y avait aussi les yeux d'Irène dans cette lumière, et les seins légers d'Irène. Aucune mort n'aurait pu faire oublier cela. A ce moment, Grégoire apparut au haut du talus. Cervier se dressa soudain.

Grégoire avait patiemment attaché son chien à un tronc avec un bout de grosse ficelle, puis il s'était avancé sans bruit sur les genoux. Il sauta au bas du talus au moment où Cervier se dressait.

Grégoire voulait parler à Cervier, mais cela lui fut impossible. Cervier s'était adossé au talus, tenant les mains derrière son dos. Cette attitude pacifique surprit Grégoire, et ce fut un long silence entre les deux hommes. Plus rien n'importait. Alors autant dire les premiers mots venus. Cervier dit :

— Là-bas, vers Mâcon, j'ai une ferme, et les terres de ma ferme touchent à d'autres domaines qui m'appartiennent aussi. Cette forêt n'est pas plus grande que tout cela, et tout cela ce n'est rien, mais là-bas je vivais en paix. Maintenant je ne songe qu'à te tuer.

Grégoire demeurait immobile. Le vent soufflait dans les sapins. Grégoire dit sans bien se rendre compte :

— Je t'aurais suivi jusqu'à la nuit, et même pendant plusieurs jours.

Cervier regarda les crêtes en face de lui, et Grégoire comprit qu'il regardait la montagne. Tous deux ils savaient (mieux que jamais) combien la montagne était belle. Grégoire fouilla dans sa poche, puis il baissa les yeux. Il y avait par terre, dans le gazon, une petite pomme de sapin. Grégoire s'élança vers Cervier au moment même où celui-ci venait soudain de se redresser. C'est ainsi, du moins, que plus tard on conta l'histoire.

Après, il n'y avait plus rien à conter. Ç'avait été très rapide. Cervier fut encore capable de le répéter : « Rapide comme un jeu, disait-il, et comment pourrais-je mentir ? »

Avant même que Grégoire se fût élancé, Cervier tenait dans sa main son beau couteau de chasse aux deux tranchants affilés. Tout de suite il chercha à atteindre la gorge de son adversaire, et il y réussit en un instant, par un hasard, sans être blessé lui-même. Puis, incapable de comprendre ce qui était arrivé, il se détourna, grimpa sur le talus, et s'enfonça dans le bois, tenant toujours son couteau à la main. Il fit peut-être cent pas, puis il s'arrêta pour songer à Daniel. Il avait oublié Grégoire et même Irène. Il ne savait au juste si Grégoire était mort. En tout cas, il semblait qu'aucune idée ne pouvait désormais s'éveiller en lui au sujet de Grégoire et d'Irène. C'était l'image de Daniel qui se présentait à son esprit. Un jour, à la chasse, Daniel avait tiré sur lui. Une malchance. Y avait-il un ciel comme aujourd'hui ? Personne ne saurait effacer le ciel bleu. Alors Cervier entendit un bruit vif dans les buissons. C'était le danois qui avait rompu son attache et qui avait rejoint Cervier en quelques sauts.

Le chien se dressa de toute sa hauteur pour saisir l'homme à la gorge. Cervier lui présenta la pointe de son couteau, mais il ne réussit pas à atteindre la bête avant que celle-ci l'eût mordu profondément. Cette lutte dura sans doute assez longtemps car le chien faisait de brusques écarts, aplatissait sa tête au ras du sol, et de nouveau s'élançait. Tout cela dans le plus grand silence. Le chien ne faisait entendre qu'un grognement très faible.

Bref Cervier eut encore la chance d'enfoncer son couteau dans le flanc de l'animal, et il en fut délivré, mais une morsure qu'il avait reçue à la naissance de l'épaule saignait abondamment. Cervier se sentait incapable d'étancher ce sang et il se mit à marcher dans la forêt, le long de la pente entre les troncs des sapins. Il marcha, puis il se traîna sur une distance assez longue.

Ce fut le lendemain matin qu'un vacher découvrit le corps de Grégoire dans le pré. On battit les bois et il ne fut pas difficile, grâce aux traces de sang, de retrouver Cervier au milieu d'une petite clairière.

Cervier était mourant. Son auto était restée sur la route, dans les taillis de hêtres, à cinq cents pas de Prémanon.

Le corps de Grégoire fut ramené à Prémanon, et l'on descendit René Cervier sur une civière de branchages jusqu'à un chalet qui n'était pas très éloigné de la ferme de Colligant. Graiste apprit très vite la nouvelle, et Daniel se rendit auprès de son oncle. Un médecin, venu de Morez, assurait que le blessé n'avait plus que quelques heures à vivre.

On avait couché René Cervier sur un lit de camp. Il reprit rapidement connaissance et il eut la force de raconter avec précision comment l'affaire s'était passée. Lorsque Daniel entra dans la chambre, Cervier déclara qu'il éprouvait une grande joie de le revoir, et celui-ci eut aussi un très vif élan d'affection. Cervier réussit à dire à Daniel dans un dernier effort où il épuisa toute son ardeur :

— Te souviens-tu de nos courses sur les chevaux, dans le bois près de Champlevant ? Daniel, je n'ai jamais connu de plus beau cavalier que toi. Ah ! que Dieu me pardonne !

Ce fut une terrible journée. Mme Cervier, prévenue en hâte, arriva vers midi. Après un moment de désespoir, elle prit une attitude inébranlable, régla tous les détails, et s'employa à étouffer l'histoire. Il y eut en effet une rapide enquête, et les enquêteurs promirent de garder le silence, après avoir accompli les formalités indispensables. Irène de son côté tint à peu près la même conduite que Mme Cervier, et tout fut dit. Colligant et Graiste s'employèrent à faire deux ou trois courses pour Irène et pour Mme Cervier. Tout était calme alentour. Il n'y avait pas de vent. Le beau temps de l'été persistait. La mère de Grégoire, Jacqueline, arriva en hâte avec son mari quelques heures avant l'enterrement, et elle dut repartir le lendemain. Elle paraissait ne pas comprendre.

XX

Les jours passent. Colligant s'est mis à scier le bois. Graiste ne manque pas d'apprendre à la laiterie certaines nouvelles qu'il néglige de communiquer à Colligant et que celui-ci ne songe pas à lui demander. Octobre. Le feu flambe déjà du matin au soir. Pas de neige encore. Il tombe une pluie fine et les nuages ne cessent de passer le long des bois à cent pas de la ferme. Il y a une éclaircie de loin en loin, et l'on aperçoit soudain l'ensemble des vallées et des sommets.

On a vu l'homme qui distribue le menu bois destiné à la fabrication des boîtes à fromage, et Graiste s'est engagé à livrer mille boîtes en un temps assez court.

— Il n'y a rien de plus idiot, dit Colligant.

On cloue d'abord sur une planchette carrée le mince ruban d'un copeau. Quatre clous. Puis avec une pince on ajuste l'agrafe qui ferme le copeau. Alors la boîte est achevée. Pour le couvercle, même méthode.

— Huit mille clous à enfoncer, répète Colligant.

— On peut faire cela en quelques jours, observe Graiste.

Novembre arriva. Colligant et Graiste s'étaient installés sur une petite table devant la fenêtre, et ils confectionnaient des boîtes. On était alors au deuxième mille. Entre les mains de Graiste les boîtes semblaient se créer d'elles-mêmes en un instant.

— Il faut que je vous apprenne ce qui est arrivé, dit Graiste.

— Cela m'est égal, dit Colligant.

Quelques flocons tombaient au-dehors. L'après-midi n'était pas très avancée.

— Irène est partie, dit Graiste.

Irène avait annoncé à son père qu'elle passerait les premières semaines de son deuil chez les Cravart, et Morin n'avait aucune opinion à ce sujet. Il pensait simplement que c'était une sacrée histoire. Daniel de son côté revint à Champlevant, où le corps de René Cervier avait été transporté, mais il quitta la ferme quelques jours plus tard pour se rendre à Paris. Mme Aline demeura seule. De toute façon, elle songeait à vendre la ferme, car elle ne l'aurait jamais confiée à Daniel.

Vers la fin d'octobre, Daniel écrivit à Irène. Il ne voulait pas qu'on manquât de lui transmettre des nouvelles de son père, s'il parvenait quelque lettre de lui. Irène pressentit que Daniel se trouvait dans l'embarras, et elle déclara aux Cravart qu'elle se rendrait à Paris. Les Cravart l'approuvèrent.

Daniel, leur petit-fils, qu'ils avaient seulement revu pendant très peu de temps avant ce drame insensé (ainsi va le monde), était encore dans leur souvenir un tout jeune enfant qui courait sur le pré avec Amélie ou avec Pierre Cervier.

— Il était incorrigible, disaient-ils.

— Qui ça ? demandait Irène.

— Pierre Cervier, bien sûr, disait Cravart, et il a emmené Daniel un beau soir sur cette route que tu vois. René Cervier, son frère... Dieu sauve son âme !

Les choses semblaient bouleversées une fois de plus. Tout est fini, et rien ne finit, disait la mère Cravart. Irène ne pouvait non plus se garder de songer au temps où elle promenait Daniel dans le pré, avec Grégoire. Elle répétait :

— Il faut que je parte. Il est comme son père, et il va se jeter dans des histoires impossibles. Plus jamais il ne voudra revenir à Champlevant.

— Champlevant, voilà un maudit lieu, observait Cravart.

C'était donc la fin d'octobre, et à travers les carreaux on voyait toujours la même route entre les sorbiers et les bouleaux dénudés, tandis que le ruisseau, la Valserine, murmurait dans la vallée. Mais on n'entendait pas le ruisseau.

— Va, ma fille, disait la mère Cravart. Donne-nous de tes nouvelles plus souvent que Jacqueline, je t'en prie.

— Je vous écrirai tous les mois, promit Irène.

C'était déjà bien merveilleux.

— Quand reverra-t-on Pierre Cervier ? disait Cravart.

Irène partit, et les Cravart s'étaient mis eux aussi à fabriquer des boîtes à fromage. Irène se rendit d'abord chez Morin, et elle lui demanda de la nantir pour le voyage.

— Te voilà encore partie, dit Morin. Vraiment j'aurais toujours dû te tenir serrée à la maison. Mais on n'empêche pas le destin, et puisque tu veux rejoindre Daniel, fais à ton idée.

Toutefois il lui démontra que Daniel avait tort de quitter Champlevant. Il lui donna une certaine somme, en assurant que jamais plus il ne lui accorderait le moindre secours, si elle ne consentait pas à revenir à Charny :

— Je comprends, vous êtes désorientés en ce moment, et tout ce qui existait n'est plus. Champlevant va passer en d'autres mains. Daniel veut se débrouiller seul. Pourquoi pas ? Il rejoindra peut-être Pierre Cervier. Pourquoi pas ?

En vérité, Morin mettait depuis toujours une grande application à satisfaire les volontés d'Irène et même à se laisser tromper.

— J'aimais bien Daniel aussi, dit Morin. Irène, n'oublie pas de m'écrire.

— Je ne voudrais pas partir, mais je ne peux pas faire autrement. Bientôt je reviendrai.

Ce n'était pas vrai. Morin caressa la petite tête étourdie. Il ne semblait pas possible de retenir Irène. En somme, il y avait entre Irène et Morin une affection toujours coupée de brouilles, et sans solidité mais étonnamment vivante. Comment expliquer ?

Irène se rendit à Paris. Elle trouva Daniel très en peine. Il ne voulait demander aucune aide à personne, mais gagner sa vie. Elle l'aida, se mit à travailler, et grâce à son obstination d'oiseau, elle réussit à lui trouver un emploi. L'essentiel c'était de rester loin du Jura, de Charny et de Champlevant, tout au moins pendant quelque temps. Après ? Peut-être retrouverait-on Pierre Cervier. Du moins Irène disait de telles choses dans sa première lettre aux Cravart, et elle leur parlait aussi du père Morin. C'est à la laiterie que Graiste apprit le départ d'Irène. Tous les gens du pays s'intéressaient à son histoire. Il alla trouver les Cravart qui lui montrèrent les lettres d'Irène.

— Voilà ce que je sais, dit Graiste.

— Moi aussi, dit Colligant, il faut que je quitte ce pays. Il me semble que je ne peux plus rester ici. Je pense trop à Irène et je me tourmente.

Graiste lâcha sa pince, et contempla le monceau des boîtes à fromage.

— Cela se comprend, dit-il.

Et voici à peu près ce qui se passa dans la suite et que personne n'a encore pu comprendre ni raconter avec précision tellement les faits sont récents.

Deux nouveaux mois s'écoulèrent, et Colligant mit sa ferme en vente. Il s'adressa à des marchands de biens, en diverses régions de la France, pour s'informer des petites fermes qu'il pourrait acheter après la vente. Il y en avait une dans l'Yonne, mais il s'agissait de cultures variées dans un terrain assez ingrat. Il se rendit aussi dans la Creuse pour visiter une propriété exiguë qui était encore plus pauvre. Quand sa propre maison eut été vendue enfin par le notaire de Morez, il fit un voyage en Normandie et il assista à des ventes aux enchères. Il lui aurait plu de continuer à faire de l'élevage.

D'abord, il fut assez découragé par le prix élevé des terres, puis il finit par acquérir dans le bocage, au nord-ouest du Cotentin, une maison qui avait été à moitié démolie au cours de la guerre, et que de mauvais champs entouraient. C'étaient quelques terres sur un coteau livré aux ajoncs, et des prairies assez vastes, dans un bas-fond où l'eau d'un marécage séjournait pendant une partie de l'année. Quelques pommiers dans ces champs.

Graiste désirait vivre avec Colligant, et ne sembla pas regretter un pays où il demeurait depuis son enfance. Un de ses neveux habitait Cherbourg (il était employé à l'arsenal), et Graiste se réjouissait de le revoir après tant d'années. Ainsi l'on rencontre parfois des hommes âgés qui soudain saisissent l'occasion de changer leur vie, et quittent des habitudes que l'on croyait éternelles. Graiste et Colligant s'occupèrent donc à déménager, ce qui ne fut pas une petite affaire. Colligant ne manqua pas d'aller faire ses adieux à Payardel qui lui affirma simplement que l'histoire d'Irène serait encore très longue.

Il fallut s'installer dans une maison où la pluie pénétrait par maintes fissures, faire de nombreuses démarches pour obtenir quelques matériaux destinés à des réparations essentielles. Mais l'hiver normand était très doux, et l'on parvint à établir un logement convenable dans trois grandes pièces. En même temps, il fallut s'occuper d'acquérir quelques vaches. Au printemps, on défricha un champ sur le coteau.

La maison était à deux kilomètres du littoral, et du haut du coteau on voyait la mer. Le vieux Graiste avait beaucoup de mal à supporter cette vue trop large pour ses regards habitués aux montagnes, mais il appréciait la nouveauté du spectacle. Il revit son neveu, qui venait parfois le dimanche avec sa femme et ses enfants.

Quand l'été arriva, Colligant se sentit mieux assuré. L'eau des prés marécageux pouvait être drainée. On avait maintenant un poulailler assez bien garni et le jardin rapporterait des légumes en quantité suffisante. Colligant se rendait parfois le soir au bord de la mer, dans des parages déserts. Il traversait les landes où poussaient les saules nains, pas plus hauts que les herbes du voisinage. Comme tout change !

La ferme de Colligant semblait assez isolée, mais la campagne était partout semée de petites demeures solitaires, et il fallait à peine une demi-heure pour gagner le village d'Arrouville, bâti en retrait de la mer. La maison s'élevait sur les premières pentes du coteau. Le chemin qui y conduisait filait tout droit vers la route voisine entre des haies très élevées. Graiste aimait beaucoup s'asseoir devant la maison à l'abri des haies qui bourdonnaient de mouches. Colligant venait bavarder avec Graiste sur le banc, mais on ne parlait jamais du passé.

Or un matin (il était à peu près dix heures), Graiste et Colligant, qui venaient de traire les vaches, se reposaient ainsi quelques instants, et ils regardaient le chemin sous l'ombre des ormeaux et des ronces. Par endroits, le soleil traversait la haie, et dans ses rayons on voyait passer les mouches éclatantes.

C'est ainsi que d'assez loin ils virent s'avancer deux personnages qui leur parurent être des touristes.

— Voilà des gens qui se trompent de chemin, dit Graiste.

— Ils ont dû venir par l'autocar de Cherbourg et descendre au croisement, dit Colligant.

— Pourquoi ne sont-ils pas allés jusqu'à Arrouville ?

— C'est sans doute un ménage de peintres, dit Colligant.

L'homme portait une valise assez grande, et la femme une petite boîte plate qui semblait être une boîte de peinture.

Colligant et Graiste examinèrent les nouveaux venus avec une attention curieuse.

— C'est Irène avec Daniel ! s'écria soudain Colligant.

Graiste et Colligant se levèrent et ils coururent jusque dans le chemin. Irène et Daniel s'étaient arrêtés. Colligant les embrassa. Graiste prit la valise de Daniel.

— Vous ! disait Colligant. Comment êtes-vous venus ? Qui vous a indiqué la maison ?

— Voilà, on vient de Cherbourg, dit Daniel.

— On vient de Paris, dit Irène, mais on a passé par Cherbourg.

Colligant les pria d'entrer dans la maison, et Graiste sortit d'un placard une bouteille de cidre.

Ce ne fut que plus tard après le déjeuner, qu'Irène et Daniel racontèrent leur histoire. Auparavant, Colligant avait pris la peine de les conduire sur le coteau pour leur montrer la propriété et les lointains de la campagne où l'on découvrait la mer. Ensuite, il indiqua à chacun d'eux leur chambre, car il semblait évident qu'Irène et Daniel demeureraient au moins quelques jours. Colligant expliqua pourquoi ces deux chambres étaient en si mauvais état et dénuées de toute tapisserie. Mais les fenêtres étaient agréables et elles dominaient les pommiers du jardin, au-dessus desquels on voyait le coteau avec ses prés et ses ajoncs.

Lorsque Graiste servit le café, Daniel parut se décider à entrer dans les confidences, bien que Colligant ne lui demandât rien.

— Après ce qui s'est passé dans le Jura, je ne voulais plus rentrer à Champlevant, dit Daniel. D'ailleurs, ma grand-mère désirait vendre la propriété et se retirer à Mâcon, dans une vieille maison de la famille qu'elle avait gardée. (Cette maison est tout près de la Saône.) Elle exigeait que je continue à travailler dans un domaine voisin qui nous appartient et que Facailleux nous avait loué.

Plus tard, Daniel reprendrait le domaine (puisque Facailleux songeait aussi à sa retraite dans un petit château du voisinage). Mais Daniel ne se souciait plus de culture, ni de rien. La mort de son oncle lui avait causé un grand chagrin. Sans beaucoup réfléchir, il partit pour Paris avec une somme d'argent insignifiante. Il s'imaginait qu'il pourrait se débrouiller seul, et oublier tout ce passé.

Il ne trouva aucun travail. Lorsque Irène le rejoignit, il n'avait plus d'argent. Irène loua une chambre dans le voisinage de l'hôtel où Daniel habitait, et se mit elle-même en quête d'un gagne-pain pour Daniel. Il n'était pas question de l'engager à revenir à Mâcon. Elle eut l'idée de le faire entrer dans une maison d'assurances, comme démarcheur. Il ne devait faire que de minces bénéfices en plaçant ces petites actions destinées à faire fructifier (disait-on) les économies les plus modestes. Mais ainsi Daniel se promenait du matin au soir dans Paris. Il apprit comment on se fait claquer les portes au nez, et il s'exerça à persuader les concierges. Il allait aussi dans la banlieue. Quant à Irène, elle voyagea de son côté pour placer des parfums et d'autres bagatelles. Irène et Daniel prétendaient qu'ils ne se souciaient nullement de la fortune de leurs familles.

— Tout de même, observait Colligant, est-ce bien raisonnable ?

Leur résolution semblait obstinée, quoiqu'ils

fussent bien en peine de la justifier. Mais tout cela n'expliquait pas leur visite à Colligant.

— C'est simple, dit Irène, nous avions besoin d'un peu de vacances. Les Cravart nous ont donné votre adresse, mais nous ne resterons pas plus de trois jours.

— Vous resterez le temps que vous voudrez, dit Colligant.

Il regardait Irène et Daniel. Il y avait entre ces deux êtres une inexplicable fraternité. Graiste semblait les admirer beaucoup, et ce fut lui qui réussit à les persuader de prolonger leur séjour.

— C'est l'été, disait Graiste, et vous pourrez vous baigner et faire des promenades.

Avant toute chose, Daniel et Irène voulurent participer aux travaux de la ferme. Colligant leur fit visiter Cherbourg le dimanche suivant.

Une semaine passa. On remarqua bientôt que Daniel s'absentait parfois dans la soirée. Il allait jusqu'à la ferme voisine et, là, il bavardait avec une jeune fille.

— Quel beau temps ! disait Graiste.

Il arrivait à Colligant de se retirer au fond du jardin sur un banc masqué par les rosiers et les feuillages des poiriers et, là, il songeait. Quelles étranges folies s'étaient mises au travers de tous les projets de René Cervier, de lui-même et de Daniel ! Et tout cela s'oubliait. Grégoire semblait lointain comme un personnage de conte et, le crime de Cervier, déjà les Cravart l'avaient pardonné.

Colligant faisait maintenant des calculs pour

prévoir l'achat d'un bateau. Quelquefois, il parlait seul à voix basse, lorsqu'il venait s'asseoir sur ce banc de grand matin, avant de commencer l'ouvrage. Un jour, comme il songeait ainsi, il vit soudain qu'Irène était près de lui. Elle lui dit bonjour et l'embrassa franchement.

— L'an dernier, tu es tombé dans un ravin. On m'a raconté... Je serai à toi, dit Irène.

L'été passait. Irène et Daniel demeuraient chez Colligant, sans cesser de prétendre qu'un jour prochain ils s'en iraient nécessairement. Colligant travaillait comme d'habitude, et taisait ses pensées. Le soir on allait se baigner, et l'on revenait bavarder sur le banc devant la maison. Peu à peu on se mit à former des projets, à mi-voix. Daniel s'établirait dans la région. Il épouserait cette jeune fille. Colligant regardait Irène. Il semblait que tout allait commencer.

Parfois Daniel retrouvait sa fureur :

— Tout cela est impossible. Et qui me dira où est mon père ?

— Vous épouserez cette jeune fille, reprenait Graiste.

DU MÊME AUTEUR

Aux Éditions Gallimard :

CAMPEMENTS

LE VILLAGE PATHÉTIQUE

LES RUES DANS L'AURORE

CE JOUR-LÀ

CE LIEU DÉSHÉRITÉ

L'HOMME DE LA SCIERIE

RIMBAUD ET LA RÉVOLTE MODERNE

BERNARD LE PARESSEUX

LES PREMIERS TEMPS

MA CHÈRE ÂME

IDYLLES

LES MYSTÈRES DE CHARLIEU-SUR-BAR

LA TRIBU BÉCAILLE

LE MONT DAMION

PAYS NATAL

LUMINEUX RENTRE CHEZ LUI
L'ENFANT QUI DISAIT N'IMPORTE QUOI
L'AZUR
UN JOUR VIENDRA
L'HONORABLE MONSIEUR JACQUES
LE SOLEIL DU DÉSERT
LE COUVENT DES PINSONS
LE TRAIN DU MATIN
LES DISPARUS
UN SOIR
BONNE NUIT BARBARA
L'ÎLE DE LA CROIX D'OR
DES TROTTOIRS ET DES FLEURS
JE NE SUIS PAS D'ICI

Aux Éditions Grasset :

LE MAÎTRE DE PENSION
MÉMOIRES DE SÉBASTIEN
LE CIEL DU FAUBOURG
LE NEVEU DE PARENCLOUD

Aux Éditions Pierre Horay :

LE PAYS OÙ L'ON N'ARRIVE JAMAIS
NULLE PART
LA VALLÉE DU CHEMIN DE FER
LES VOYAGES FANTASTIQUES DE JULIEN GRAINEBIS
LA MAISON DU BOUT DU MONDE

Aux Éditions Phébus :

LA VIE PASSAGÈRE, *poèmes*
LA ROUTE INCONNUE

Aux Éditions Marabout :

LE PLATEAU DE MAZAGRAN

DAVID

Aux Éditions Plon :

SAINT BENOIT-JOSEPH LABRE

Aux Éditions Fasquelle :

L'ILE AUX OISEAUX DE FER

Aux Éditions du Mercure de France :

LA CHRONIQUE FABULEUSE

Aux Éditions Pierre Seghers :

JEAN FOLLAIN

Aux Éditions du Sud :

LE ROMAN DE JEAN-JACQUES

LA VIE DE RIMBAUD

Aux Éditions Casterman :

LA PLUS BELLE MAIN DU MONDE

LE ROBINSON DE LA RIVIÈRE

LA PRINCESSE ET LA LUNE ROUGE

Aux Éditions Nathan :

LES LUMIÈRES DE LA FORÊT

Aux Éditions Laffont :

LA MERVEILLEUSE BILLE DE VERRE

Aux Éditions Garnier :

RHÉTORIQUE FABULEUSE

Aux Éditions Hachette :

LE BOIS ENCHANTÉ

Chez d'autres éditeurs :

LE PETIT LIVRE CLAIR

L'ŒUVRE LOGIQUE DE RIMBAUD

Impression Bussière à Saint-Amand (Cher),
le 2 mars 1984.
Dépôt légal : mars 1984.
Numéro d'imprimeur : 2381.

ISBN 2-07-037540-4/Imprimé en France.

33255